若者殺しの時代

堀井憲一郎

講談社現代新書

1837

まえがき

若者であることは得なのか、損なのか。

そりゃ、若いほうが得だよ、と何も疑問も持たずにおもったあなたは、もう若者じゃないですね。はい。若かったときのことをもう覚えてないのだ。厳密にいうと「若かったときのリアルな心情」を覚えてないんですね。もしくは、あなたが富豪の子息として何不自由のない幸せな10代20代を過ごしてきたのか、だ。富豪ね。富豪です。

若いからって、それだけで別に得なわけじゃない。

いまの若い連中はそうおもってる。もちろん、昔だってそうおもっていた。昔ったって、縄文時代には若者なんて存在しないからここ何十年かくらいの話だけど、そうおもってたはずだ。いつの時代の若者も、自分のことを「若いから得」なんておもってたわけではない。

若いと得な場合もあるし、損な場合もある。あたりまえですね。どういう生き方をしてるか、どんな職業についてるか、どんな人と恋をしてるか、人によって、状況によって、得なときと損なときがある。それがまあ、一般的な考えでしょう。

もちろん、若さを損得ではかってどうする、と考えることもできる。そりゃまあそうだ。金儲けじゃないんだから、損得で人生はかってもぴんと来ない人もいるだろう。でもね、損得で考えてみると、意外といろんなことがわかりやすい。損得は比喩だとおもってもらっていい。それにここ何十年かの日本を考えるとき、損得という判断基準はじつはとても大きなものなんですね。

ただ「若者だってことだけで得をする時代」と「若者だってことだけで損をする時代」というものは確かにある。

すぐ想像できるのは戦争ですね。

戦争のさなかに若者であると損である。ただ歴史上、すべての戦争中の若者が損だったわけじゃないけどね。日本人にとって一番最近の戦争、昭和前期の戦争は損でした。「どう見ても勝ち目のない戦争が始められ、国は停戦するつもりはまったくなく、そのとき徴兵される年齢の若者であること」は、これはあきらかに損ですね。命が安すぎる。しかも命を懸けた意味があまりない。すごく損です。

ま、そんなハードな状態ではなくても、若者であることが得な時代と損な時代があった。昭和後期から21世紀にかけて（いわゆる〝戦後〟と呼ばれるすごく長いタームのことです）を眺めていると、昭和の終わりころまでは「若者であることが得な時代」が続いていました。けっこう続いてたとおもう。

でもその後、ある時期を境に「若者であることは別に得ではない」という時代になってしまったのだ。そう。人知れず、そういう時代になってるんですよ。若者であることが損とまでは言わないが、若者が得だとは言えなくなったのだ。

困ったことに、上の世代はそれに気づいてない。

「考えると、若者のときはよかったなあ」と考えてる世代が、いま日本の上のほうにどーんと存在している。その下に「なわけねーじゃん」とおもいつつも、説明したって通じないから、黙ってやり過ごしてる連中がいる。上から「若いんだから」という言葉が出るたびに、（ほんとにもう、少しは考えろよ）と心の中でひたすら嘆息してる連中であふれてるのだ。若い連中は、黙ってる。やんわりとだが若者は殺されてゆく。

いったい、境目はどこにあったのか。

それは「若者」という世代がきちんと限定され、みんなが明確に意識し、そこをターゲットにいろんなものが動きだしてから、ですね。

すごく明確になったポイントは昭和の終わりごろにあるとおもう。

１９８０年代だ。

１９８０年代に、いくつかのことが用意され、いくつかのものが葬られ、いくつかのことが動きだし、いくつかのものは永遠にあと戻りができなくなった。

この本では、その境目を検証してみたい。

いったいいつ、何が変わったのか。そして何が変わらなかったのか。それをぽろんぽろんと明らかにしていきたいとおもってる次第です。

ま、とりあえず、中身を読んでみてみてみ。ください。

目次

第１章　１９８９年の一杯のかけそば

昭和の終わりと不思議な日々

まず、80年代末の風景からだ。

1989年。

僕は、この年は『一杯のかけそば』の年だったとおもってる。

1989年は80年代最後の年で、昭和最後の年だった。

スキーが大ブームだった。多くの若者がスキー場で1989年を迎えていた。ただこの年は雪が少なく、ブルドーザーで無理矢理周辺の雪をごっそり運んだゲレンデは、土が混じって何ともいえない色合いになっていた。

1月7日土曜、昭和天皇が崩御された。午前7時50分に天皇崩御のニュースが流れた。僕は北海道のスキー場のホテルで知った。7日と8日は、歌ったり踊ったりしないでくれ、と言われた。ホテルのフロントから各部屋へそういう紙が差し入れられたのだ。『歌舞音曲の自粛』。奉行所から届けられたのかとおもった。似たようなところが届けてくれたんだろう。みんながみんな、きちんと守っていた。歌舞音曲を自粛していた。不思議な夜だった。

テレビは昭和回顧番組ばかりを流していた。戦争と、戦争と、戦争と、それから経済成長と皇室の話を繰り返していた。

どんなにぼおっとしてようと、僕たちは王のいる国に住んでるんだと、強く意識させられた。王、というのは世俗的で権力的なものだから、天皇は本当は王ではないんだけど、でも王のいる国に住んでいるという感覚がぴったりする日々だった。僕たちの王はもちろん世俗的でも権力的でもなく、そして宗教的でさえなかった。宗教的でもなかったことが驚きだった。

不思議な日々が続いた。

似たようなニュースと回顧番組が流れ、何回見ても、ほとんど何も理解できなかった。荘厳さを装った仮面のような映像ばかりが流れていた。ただ僕たちを混乱させるためだけに、そういう番組が流れてるように見えた。おそらくは、作ってる人たちが単に混乱してただけなのだ。それはそうだ。それまで深く考えなかったことに、いきなりコミットメントしようとしても、何も作れるもんじゃない。プラモデルしか作ったことのない連中が、いきなり本格イタリア料理教室を開いてるようなものだ。

誰も何も整理できていなかった。

いつも、誰も、何も整理をしてくれるもんじゃないけれど、でもテレビもラジオも雑誌も、何とか、昭和という区切りで何かを整理しようとしていた。何かが整理できるはずだと、一生懸命がんばっていたのだ。でも、何も整理されてなかった。地震で閉じこめられてパニック状態の幼稚園児の群れに、勇敢な猿が飛び込んできてみんなを誘導しようとしてるみたいだった。気持ちはわかるが、事態はよけいに混乱するばかりだ。

そして、1989年は、誰も何も整理できないまま、進んでいった。

春にいきなり消費税が取られ始め、春の終わりに中国の天安門広場で多くの若者が殺され、美空ひばりが死に、夏に宮崎勤が逮捕され、横浜の花火大会で花火が暴発し、総理大臣が竹下から宇野になったかとおもうと海部になり、秋の終わりにベルリンの壁が崩れ、カルト教団と戦っていた坂本弁護士一家の行方がわからなくなった。

たいへんな一年だ。いろんなことがこの一年に詰まってるとおもう。

バブルの時代の『一杯のかけそば』騒動

ただ、僕にとって1989年でもっとも印象に残ってるのは『一杯のかけそば』とそれをめぐる風景である。

感動的な話と、ペテン師と、それをめぐる騒ぎだ。

栗良平という男は、もともと自分で作った話を人に聞かせていたらしい。人を集めて自分の作った話を聞かせ、感動させ、また人を集めるというところがすでに室町時代のあやしい坊主の所業のようで僕は嬉しくなってしまうが、とにかくそのお話が自費出版に近いような形で本になり、リクルート疑獄問題について審議されてる国会で話題になり、新聞に取り上げられ、じわじわと広がっていった。

そして5月に暴発した。暴発としか言いようがない。

週刊文春に全文が掲載された。5月10日発売の5月18日号である。

惹句にはこう書いてあった。

「編集部員も思わず泣いた感動の童話『一杯のかけそば』一挙掲載」

「『この話を読んで泣かなかった人はいません。だから電車の中で読んではいけません』という注釈つきで、昨年暮ごろから次々と回覧され、ビジネスマンも教師も国会議員も涙した、〃幻の童話〃『一杯のかけそば』(作　栗良平)がついに単行本として刊行された。人はいったいこの童話の何に感動したの

『週刊文春』1989年5月18日号

か——。ぜひ、ご一読いただきたい」

落ち着いた状態とは言えない。とにかく煽ろうとしている。

そのあとワイドショーが、狂ったように取りあげた。たぶん、狂ってたんだとおもう。

フジテレビがすごかった。

当時のフジテレビの午後は「タイム3」という一時間のワイドショー番組をやっていたのだが、5月15日の月曜から19日の金曜まで一週間ぶちぬきで『一杯のかけそば』を特集したのだ。月曜から金曜まで五人の人が『一杯のかけそば』を朗読した。同じ話を五日続けて朗読したのだ。どうかしてる。

日本史上初の消費税が導入され、横山やすしが飲酒運転で芸能界追放され、朝日新聞が珊瑚礁に落書きし、竹下首相が辞意表明し、松下幸之助が死に、竹藪で一億円が見つかっていた何かと騒がしいこの時期に、一週間ぶっとおしで『一杯のかけそば』を放送したのである。1980年代のフジテレビらしい風景だ。どうかしてる。

日本テレビもやった。こちらは5月17日水曜日の「おもいっきりテレビ」だ。つまり17日の水曜日は、日テレで1時台に朗読があって、フジテレビで3時台にも朗読があったのだ。「おもいっきりテレビ」では、小学校の教室で『一杯のかけそば』を朗読して小学生たちに聞かせ、感想を述べさせていた。どうでもいいことなんだけど、子供たちに感動的なものを見せて感想を言わせることに、何か意味があるんだろうか。大雨の日に学校の花壇に水をやらせてるようなものだとおもうんだけど、まあそれは大きなお世話なんだろう。小学生たちは、大人にほめられようと一生懸命、感想を述べていた。乳の出なくなった乳牛が何かを訴えてるように見えた。

ワイドショー一週間ぶちぬき放送を頂点として、「あなたはもう『一杯のかけそば』を読みましたか。もう泣きましたか。もう感動しましたか」という報道が続いた。あきらかに、たがはずれていた。

『一杯のかけそば』を、何とか他の人にも読ませたい、と多くの人がおもったのは確かなようである。その中にフジテレビのプロデューサーと週刊文春の編集者がいたのだ。『一杯のかけそば』という作品には、そういう力があった。あるタイプの人間を巻き込んで、お先棒を担がせてしまう力である。それは作者の栗良平の資質と大きく関係してくる。

栗良平という人は、すてきなうそつきだった、と僕はおもってる。こういうタイプの人間を見てるのは、僕はすごく好きだ。目の前にいる人たちが喜ぶのが嬉しくて、どんどんとウソを足していくタイプの人間である。うそつきというより、ホラ吹きである。

目の前にいる人を騙す物語

『一杯のかけそば』は北海道のそば屋が舞台である。そば屋の中だけで話が進むきわめて演劇的な構成になってる。そこにやってきた貧しい母子三人の物語である。大騒ぎするほどのことではないが、いい話だとおもう。

僕は、ブームになる前に、何の予備知識もなしに、本屋で立ち読みをした。3月に再び北海道にスキーに行った帰り、予定の飛行機に乗り遅れ、三時間ほど空港でキャンセル待ちをしているとき、あまりにひまなので、空港にあった本屋の本をかたっぱしから立ち読みしていたら、その中にこの本が入っていたのだ。

1989年の3月のことだから、当時はもうある程度話題になっていて、だから空港の本屋に置かれてたんだとおもう。大きく感動したわけではないが、いい話だな、とはおもった。童話、と書いてあったから、フィクションだとおもって読んでいた。

フィクションかどうか、ということが、あとあと問題になってくる。

ちなみに、自分で見つけて読んだから、僕はこの物語の味方である。物語に味方も敵もないんだけど、でも、当時の日本ではあきらかに味方と敵に分けられていた。マスコミ経由で「感動するよ泣けるよ」と煽られて読んだ人たちは、あまり感動できずほとんど敵になったとおもう。自分で見つけて読んだ人、友だちに勧められて読んだ人の中にしか、推進派の人はいない。

ただ、日本全国津々浦々にいたはずの一杯のかけそば推進派の人たちは、栗良平がペテン師だとわかった瞬間に、きれいに口をぬぐった。推進派だったことをいっさい口に出さなくなった。関わってないふりをした。そしてそのまま黙ったままである。昭和19年に戦争協力を叫んでいた人たちが昭和20年の秋にとったのと同じ態度である。みごとに同一だとおもう。僕たちの国は同じことしか繰り返せないのだ。

もともと『一杯のかけそば』が持っている「人を騙す力」は、マスコミを通すとかなり神通力が弱まる種類のものだった。目の前にいる人を騙す物語だ。きわめて中世説話的な、というより、いかがわしい香具師の口上に近い種類の話なのである。ガマの油売りも見世物小屋のヘビ女も、ハブとマングース対決のハブ粉売りも、テレビを通して見せるととにかく胡散臭さが先に目についてしまうが、この話も同じだった。聞き手をまず不安な状態にしてから話を進めるのがペテンの基本で、この話ではそこが大事なのだが、テレビを通すとその力が弱まってしまうのだ。

ペテンは現場でしか説得力を持たない。人を前にして地声で話すエリアで、圧倒的な力を持つ。

栗良平と彼の作った物語は、前近代の香具師的世界からやってきて、いきなり現代日本の中をかけめぐってしまったのである。

感動の童話作家から小ずるいペテン師へ

1989年の春、マスコミに大々的に取り上げられたとき、栗良平は『一杯のかけそば』は実話だ、と言い切ってしまった。

言い切ってしまった気持ちは、僕にはなんとなくわかる。これは単なる推測なんだけど、おそらく作品を作るヒントになった出来事が何かあったんじゃないだろうか。貧しい親子が、一杯のそばを分けて食べる、それをおいしいねおいしいね、と小さい子が嬉しそうに親に語りかける。そういう風景を見たのか、もしくは誰かから聞かされたのか、とにかくそういうシーンは彼の頭の中に「実際に存在したシーン」として映し出されたんだとおもう。だから実話ですかと聞かれたとき、そうです、と答えてしまいそのまま引っ込みがつかなくなったんだろう。完全な推測だが。

それはもちろん、質問した側が「あれは実話であって欲しい」と願っていたからだ。目の前の相手が望んでることを話し、とにかくその気持ちを自分のおもいどおりに動かしたいというのが、ペテン師が望んでるすべてだ。ウソをついてるつもりはない。ついてんだけどね。でも、本人の意識としては、あなたが望んでるからそう言ったまでで、自分が進んでウソを言ったわけではない、ということになる。栗良平はそういう人だった。ただそれをテレビと週刊誌を相手に大々的にやったものだから、日本全体を巻き込んだうそつきになってしまったのだ。

前近代的な語り部は、前近代的なメディアレベルでずっと喋っているべきだったのだ。ワイドショーで好意的に大々的に取り上げられた二週間後、いっせいに栗良平が叩かれだした。

あんなせこいペテン師は、叩けばいくらだってほこりが出る。というか、ほこりを全部はたいたら、本人がなくなっちゃうよ、というタイプの人間だ。あちこちで小さく騙していたせこいペテンが次々と明るみに出て、栗良平は、感動の童話作家から、小ずるいペテン師へとなりさがってしまった。

そんなの、どっちも本人が持ってる資質で、どっちに光を当ててるかだけだろうとおもうんだが、世間はそうは見てくれないのだ。「せこいペテン師にだって、世間を感動させる物語が作れるなんて、それこそいい話じゃないか」と僕はおもったが、誰もそんな擁護はしなかった。世間はあまりペテン師の味方をしないようだ。

多くの人間は、世の中は事実だけで構成されていて欲しい、と望んでるようなのだ。

これはとても意外だった。そっちの考えかたのほうがおかしいとおもうが、そうおもうのは、僕が栗良平側の人間だからなんだろう。僕や、栗良平や、噺家などは、あきらかに世間の思惑の外側で生活してるようなのだ。気をつけないといけない。

ペテン師の鉄則

このことから僕が学んだことは三つだ。

一、人をペテンにかけるときは、マスメディアを通さないこと。

一、フィクションをノンフィクションだと言ってペテンにかけると、金を取ってなくても人は怒るので気をつけること。

一、ペテン師は自分を売ってはいけない。ペテン師はペテンを売って細々と生きること。

この三つである。

世の中には「自分は人を騙さない。でも人からも騙されずに生きていたい」というムシのいいことを考えてる人が多いこともわかった。

僕は、世の中には「騙す人と騙される人」の二種類しかないとおもっている。

1 騙す人。

2 騙される人。

これで全部だ。どっちかを取るしかない。

でも、世間のみんなはそうはおもっていないということを知った。みんなその中間のポジションを取りたがってるのだ。

無茶だとおもう。

騙されないためには、人を騙すしかない。

人を騙すのは、言葉ではない。関係性だ。気持ちのやりとりで相手の感情を自由に動かせる状況を作っておくだけだ。人を騙すときに会話は必要ない。会話なんかしてはいけないのだ。ペテンとは、ペテンにかかってくれる状態に相手を巻き込んでおいて、あとはただ通告するだけである。そこに会話は存在しない。そんなことは、ペテン師になるやつは子供のころから知ってる。

だから、社会で生きていくには、二つに一つを選ぶしかないのだ。

一、騙す人間になる。

一、騙されるのはしかたがないとおもって真っ当に生きる。

どちらかを選ぶしかない。もちろん騙されるほうに立っても、大きく騙されることもなく生涯を終えられることもあるだろう。騙す側を選んでも、表立って人を騙すことなく、平穏に人生を過ごせる可能性だってある。でもそれは結果である。どっちのサイドにつくかはきちんと自分で決めないといけない。人生の成り行きは自分では決められない。そういうものだ。それは紀元前5世紀のギリシャでも、7世紀のゴート王国でも12世紀のバスラでも、21世紀の東京でも同じだ。人がいるかぎり同じである。

ちなみに、ペテン師だって騙される。言葉に頼るペテン師は、他のペテン師によく引っかかる。勘で動いてるペテン師は、まず引っかからない。ただ、勘で動いてるやつは、友だちがいない。

ペテン師は自分を売っちゃいけないんだってことも学んだ。これは、あまり急激に有名になってはいけないってことでもある。

いきなり有名になることはとても危険なので、有名になりたいなら徐々に有名になったほうがいい。徐々に有名になった場合は、昔から知っててくれた人たちがあとでやんわりと保証人になってくれるのだ。有名人業界も保証人が必要なのだ。急激に有名になると、すぐにアラ探しをされて、確実に蹴落とされてしまう。

これはどの業界でも同じことだ。日本のオトナの世界は、小学校の小さい教室がいくつも集まって成り立ってるようなものなのだ。小学校の教室で起こったことと同じことしか起こらない。つまり、いきなり目立ったりすることや、転校した直後の態度などは、とても気をつけなきゃいけないのだ。そのことをあらためて認識させられた。

忘れられたあらすじ

栗良平自身ばかりが話題になっていったので、『一杯のかけそば』という物語の内容はすぐに忘れられてしまった。まあ、そういうレベルの物語でもあったんだけど、それにしても見事に忘れられている。

十年後、1999年に『一杯のかけそば』の内容をどれぐらい覚えているか、聞いてまわった。文藝春秋の編集者から、大学生まで二十五人ほど聞いてまわった。大学生は十年前は小学生だったわけだけど、みんな『一杯のかけそば』のことは覚えていた。ただ誰一人として、きちんと内容を覚えていなかった。

「大晦日の夜に、そば屋に貧しい親子がやってきて一杯のかけそばを分けて食べた」というところしか覚えてなかった。それで『一杯のかけそば』。まあ、合ってる。ただ、それは冒頭のシーンでしかなくて、そこから物語は始まるのだ。そんなことは誰も覚えていなかった。やはり爆発的に売れるのは、内容よりもタイトルなのだ、とあらためておもい知らされた。

物語はこういうものだった。

舞台は70年代前半の大晦日である。おそらく1972年くらいだ。

北海道のそば屋に貧しい母子三人がやってきて、三人でかけそば一杯を分けて食べる。

翌年の大晦日にも三人がやってきて、一杯のかけそばを分けて食べる。

三年目の大晦日は、店の夫婦も待ちかまえている。そこへ三人でやってきて「三人でかけそば二杯」頼む。食べながら、母は死んだお父さんが起こした事故の保険の支払いが終わったので、これからは楽になる、と子供たちに言う。母は朝から夜遅くまで働きづめに働き、長男は新聞配達をして家計を助け、次男は家事を手伝っているとても貧しい一家だ。

中学生の兄は、母に代わって小学生の弟の授業参観に行った話をする。弟は大晦日に三人で食べた一杯のかけそばのことを作文に書き、表彰されたのだ。嫌がらずに三人に一杯のかけそばを出してくれ、ありがとうございました、よいお年を、と大きな声をかけてくれるそば屋さんにとても励まされたので、ぼくは大人になったら人を励ませられる日本一のおそば屋さんになりたい、という内容の作文だった。楽しげに話をして、三人は帰る。

翌年からもそば屋は三人の母子を待ったが、現れなかった。母子が座っていた二番テーブルを改装後も残し、同じテーブルでまた迎えたいと話し、それが客のあいだで噂になって、幸せの二番テーブル、と呼ばれるようになった。

それから十四年後の大晦日、町内の人たちが集まっているところへ、二人の青年と母がやってきた。三人はあのあと、滋賀県に引っ越し、努力を重ね、長男は医者に、次男は銀行員になった。兄が北海道勤務になるのを機会に、生涯最高の贅沢として大晦日に、あの励まされた北海道のおそば屋さんに行くことにしました、というのだ。三人でかけそば三人前を頼み、温かく迎えられるところで話は終わる。

ふうむ。

貧しい母子が、大晦日に三人で一杯のかけそばを頼んで分けて食べ、それをそば屋が嫌がらずに対応してくれたことに励まされ、十四年後、幸せになった母子三人が大晦日にやってきた、という話である。まあ、いいんじゃないか。落語にできそうな話だ。『芝浜』と『唐茄子屋政談』の要素を加えて作り直したら、そこそこの人情噺にはなるとおもう。その場合、弟には死んでもらうことになるかもしれないが。

ただ、いまあらすじを書き写していて気づいたんだけど、細かいところにずいぶんと無理がある。この母子三人と、そば屋の主人夫婦は、いっさい会話を交わしていない。母は「あのう、かけそば一人前なのですが、よろしいでしょうか」としか言わないし、そば屋は「ありがとうございました。どうぞよいお年を」としか言わない。そば屋が母子三人の事情を知ったのも、盗み聞きしたからである。十四年後、母が登場したときの第一声も「あの、かけそば三人前なんですが、よろしいでしょうか」だ。まったく両者は会話を交わさないまま、それでもそれぞれの事情を察知しつつ、話が進んでいく。ディスコミュニケーションの極致だ。両者に会話がないところが、栗良平的世界のすべてなのだ。

これは文章で読むものではない。もともと口立てで作られたのだろう。つまり喋りながら、どんどん話がふくらんでいって、こういう形になったのだ。ディテールには説得力があるが、前後のディテールが矛盾している。ペテンの基本だ。大きな枠組みを信じさせて、あとは説得力のある小さい話を継ぎ足していけば、人は信じるのだ。矛盾なんか、気にしなくていいのである。

細かいことは気にするな。それが目の前の人を説得する基本である。文章にしたとたん、一挙にウソがばれてしまう。落語の『芝浜』だって『文七元結』だって、細かい矛盾をどうやって感じさせないかが大事なのである。ヘタな落語家は、理屈で解決しようとして余計な説明を加えるが、うまい噺家は押し出しと迫力とテンポによって、つまりはペテンの力によって、矛盾を矛盾のまま納得させてしまう。栗良平にも、そういううまい噺家と同じ資質があった。

フィクションとしてはあらは目立つが、まあ、感動する人は感動するだろうし、話として咎《とが》め立てするほどひどい話ではない。「事実だとおもって感動したのに、事実じゃないってことは、私は騙されたことになるわ。私の感動を返して」というのが抗議をした人の主張だったんだろう。でもそれは無理だ。感動は返せない。もっと落語を聞いたらどうだ。

国中あげて間違えた

この『一杯のかけそば』を十年後にみんなに読ませたら、反応が分かれた。

1999年に読ませたら、「けっこういい話じゃない」という人と、「なんか、いやーな感じの話ですね」という人に分かれたのだ。

『一杯のかけそば』ブームは1989年だ。バブル景気のまっただなかである。

80年代は経済成長の最後の時代だ。70年代にいったん停滞した高度成長ペースを取り戻そうと、がんばった時代である。戦後の経済成長の最後ともいえる。昭和20年代から続いた経済成長によって、日本人は、必ず前の年よりも次の年のほうが豊かになっている、とずっと信じていた。日本人全員が無邪気に信じていたのである。いま考えると、夢のような話だが、でも本当にすべての日本人が信じていた。必ず今年より来年のほうが豊かになるのだ。だから十年後や二十年後のことを考えるのが、みんな大好きだった。毎年、ただ階段を上がっていけばいいのだ。

80年代の後半、いわゆるバブルに入ったころ、階段の一段の幅がずいぶん大きくなったなあとはおもったが、でも今までどおり、一段ずつ上がっていけばいいんだからと、疑いもせずに成長を信じていた。とにかく拡大していけば、幸せになれるんだから。

いまおもうと、そんなにすごいペースで上がってくのは無茶だったのだ。でも日本中みんなが同じペースで調子に乗ってるんだから、大丈夫だろう、と拡大していった。僕の事務所でさえも、毎年すごいペースで学生アルバイトの時給が上がっていった。一瞬、いいのかなとおもったが、あまり立ち止まって考えてるひまがなかった。どこでもそうなんだから、と言いきかせていた。

毎年毎年拡大していった根拠は「みんな一緒だから」だけだった。国中あげて間違ったことはやってないだろう、とおもってたのだ。あとで考えると、国中をあげて間違ったことをやっていたのだ。僕たちの国は同じことばかりやっている。

大雑把にいうと、90年代の成長分までを80年代の後半五年につぎ込んでしまっていたのだ。だから90年代はなにも動かなかった。90年代が「失われた十年」だったのは、先に奪い取られてた十年だったからだ。

バブルの最中に、国民全員が豊かになっていけるある到達点を過ぎてしまったのだ。

「いい話じゃん」と「いやな感じだなあ」の境目

『一杯のかけそば』の物語の舞台は1972年である。

1989年にブームになったときと、その十年後の1999年では1972年の貧乏の見方がまったく変わってしまっていた。つまり、昭和64年と平成11年からでは、昭和47年の貧しさがちがって見えたということだ。

平成の11年、1999年に『一杯のかけそば』をいろんな人に読ませたら、年齢によって反応がちがった。世代差が出た。

1970年生まれ以降と、1969年生まれ以前で、反応がちがった。

『一杯のかけそば』の細かいストーリーをすべて覚えていた人は一人もいなかったため、ほぼみんな初めて読んだ人ばかりである。初めて読んでみて、1969年以前生まれには「いい話じゃん」と言った人が多く、1970年以降の生まれの若者は「いやな感じだなあ」と言ったのだ。もちろん、1970年できれいに分かれるわけではない。1969年12月24日に生まれた人と、1970年2月11日に生まれた人に大きな差があるわけがない。でも、だいたいそのへんに境目があったのだ。

いい話だとおもったというのは、貧しさに負けずにがんばった兄弟たちの物語を、そのままストレートに受け取ったということだ。栗良平が用意した着地点に、きちんと降り立った人たちだ。1972年の母子の貧しさを、リアルに想像できた人たちである。貧しさは努力によって克服でき、貧乏生活はいずれ逆転できるのだという1970年代的テーゼを信じられる人だということだ。テーゼ。

いやーな感じだと言った若い連中は、僕には意外なポイントを指摘した。「医者と銀行員になったって、何ですかこれ。やな感じですね」と言い放ったのだ。気がつかなかった。

栗良平が用意した世界にのっとって読み進めていると、話の中心は貧乏にある。貧しさに負けないでがんばった兄弟が、貧しくなくなったという話である。医者と銀行員になったというのは、立派に出世しました、という意味でしかない。医者や銀行員という職業にさほどの意味はない。記号でしかない。「お金に困らない仕事に就きました」という記号。

それが1972年から見た未来世界であり、1989年がまだ持っていた可能性の世界だった。

ところがバブルがすぎ、経済成長が止まり、社会層のダイナミックな変化が起こりにくくなった90年代の最後の年から眺めると、この、医者と銀行員になった、というのがとても嫌味に見えてくるのだ。

医者と銀行員は、90年代に評価が落ちた職業である。あらためて見ると象徴的な職業だ。貧しい時代には尊敬されるが、豊かになると大事にされない仕事というのがあるが、この二つはそういう意味で昭和と平成とで評価がずいぶんちがってしまった仕事だ。

おそらく、即座に金を想像させる仕事だからだろう。

銀行員はともかく、医者はその実務と金とは実質関係ないのだが、ふつうの人が日常で接する仕事で、もっとも金が儲かる仕事だとおもってるのが医者だ。映画スターだって、会社の社長だって、弁護士だって、すごくお金が儲かるだろうけど、でも彼らとはなかなか日常で接する機会がない。だから医者といえば金、となる。もちろん銀行員といえば金。いつからか、医者と銀行員はいかにも金と直結している職業、とイメージされるようになってしまったのだ。誰がそうしたかというと、僕たちみんなでしたわけだけど。

1989年の時点では、あまりそういう風景が見えてなかった。まだ、みんな忙しかったし、人の職業の内実まで気にしてられなかったし、貧乏人が多かった。貧乏人が多い社会では、貧乏サイドの人たちは、金持ちサイドの人たちの仕事について、とやかく言わないのである。銀行員や医者は、実際に金持ちなのかどうかは別として、きちんとしたカッコをしてきちんとした仕事をするエリートである。貧乏人サイドとはサイドがちがう。そういう意識があった。ちがうサイドのことをどうこう言ってもしかたない。

『一杯のかけそば』の兄弟は、貧乏人サイドから向こうのサイドに行ったのだ。これはこれはめでたかったなあ、というのが1989年の感想。

1999年の感想では、サイドが替わったという意識が薄い。よりにもよって医者と銀行員というダーティサイドにつながりを感じさせる職業をなぜわざわざ選択したのだ、という気分が、あと味を悪くしてるようだ。

1989年と1999年では、同じ風景がまったく別のものに見えてしまっている。

このあいだのどこかで、僕たちの社会は決定的に変わってしまったのだ。ある角を曲がってしまって、そしてもう永遠にあと戻りできなくなってしまっている。

バブルは貧乏人のお祭りだった

1989年に『一杯のかけそば』があれだけ不完全な物語でありながらも、でも他の人にも読ませようとする人たちが続出したのは、あの物語にあるリアルな貧乏を伝えておきたかったからだろう。

自分が貧乏であったかどうかは別として、1972年にはたしかにすぐそこに貧乏があった。貧乏と接してない人はいなかった。1989年は、その貧乏が伝えられる一番最後のところに来ていたのだ。テールエンドである。ここを過ぎるとたぶんもう意味がわからなくなるだろう、ということで、最後、僕たちは『一杯のかけそば』を賞賛して受け入れ、あっという間に捨てていったのである。貧乏を一瞬振り返って、でもその後二度と振り返らなくなった。

そういう意味で、1980年代はまだ貧乏人の時代だった。

つまり、バブルは貧乏人の懸命のお祭りだったのだ。

貧乏人が無理をして必死で遊んでいたのがバブルである。

歯を食いしばって、消費をしていた。ものすごく努力をして「余裕ある生活」を体験しようとした。一生懸命、遊んでいた。みんなまだまだ肉体派だった。頭で考えるより先にカラダを動かしたほうがいいとおもっていた。貧乏人だからこそ、貧乏人ではないように努力していた。懸命だった。

どう考えたって貧乏人のお祭りである。それはそれで楽しかったのだが。

中年まで遊びを知らなかった男が中年になってその面白さを知ると、たがはずれて狂ったように遊び出す。１９８０年代の日本はまさにそれだった。比喩ではなく、ちょうど戦争直後にまとまって生まれた世代が、四十にして遊びを覚え、狂ったように金を使い続けていたのだ。80年代後半に使いすぎて、90年代にその反動で使わなくなったのである。遊ばなくなった連中が、高給取りになって、しかも会社に社会に居座ったものだから、それは首を切らないとコストがかかってしかたがない。90年代のリストラは、つまりは人数の多すぎる世代に金を払い続けてられないという社会の宣言でもあったわけだ。

バブルの時代は好景気でみんな調子に乗っていた、というイメージが強い。

でも、１９８９年の『一杯のかけそば』を通しておもいだすと、貧乏人の必死の大騒ぎでしかなかった気がしてくる。実際、そうだったとおもう。身の丈にあってない蕩尽騒ぎだった。身の丈にあってないものだから、誰も〝ほど〟というものがわからず、誰もピークがわからず、だから誰も消費を止められなかったのだ。

そういう破綻を呼び込んでしまった80年代というのは、どういう時代だったのか。

次章では、すこしさかのぼって、１９８３年の風景をおもいだしていきたい。

第２章　１９８３年のクリスマス

クリスマスよりお正月が大事だった

日本のクリスマスは、１９８３年に始まった。

僕たちが子供のころ、１９６０年代はクリスマスは圧倒的に子供のものだった。クリスマスプレゼントをもらって、クリスマスケーキを食べて、クリスマスソングを歌って、それからお正月の準備を始める。

おとなは正月のことで手いっぱいで、クリスマスまでかまっていられなかった。片手間で子供向けのクリスマスをやってくれただけだった。ひょっとしたら、日本のどこかではまだそういう「クリスマスは片手間」な地域が残ってるかもしれない。江戸時代の日本の香りを残してる地域。どこかにあって欲しいとおもう。

「一年の中で、大事なのはお正月よりクリスマスですよ」

突然、そう言われたのは１９８２年の夏のことだ。僕は大学四年生で、言ったのはサークルの後輩の女子だ。螻川内栄子《けらかわうちえいこ》20歳。のちの漫画家けらえいこだ。「いやクリスマスは子供のものだろう。大事なのはお正月だ」と僕は言った。ほんとうにそう信じていたからだ。「でも女の子にはクリスマスです」と言われた。僕には信じられなかった。お正月よりクリスマスを大事にしてる人間がいることを、僕はそのときに初めて知った。戦国時代の種子島の島民のような気分だった。

1982年の夏、ぼおっと生きてる男の子をクリスマスが絡め取ろうと忍び寄ってきていた。

料理もプレゼントもみんな手作り

その年のクリスマスは、つきあっていた彼女の家で過ごした。ちなみに「クリスマスが大事だ」と言ったのとは別の女の子だ。

3000円の葡萄酒とクリスマス用のケーキを買って彼女の部屋に行った。彼女は鶏肉を買ってきてそれを煮込んでいた。それを並べて食べた。彼女がそうしたい、と言ったからだ。なぜキリストの誕生日の前夜にそんなことをしなければいけないのかよくわからなかったけど、クリスマスを祝いたいと言われて特に反対する理由はなかった。西武新宿線の沿線にあった彼女の部屋は、ファンシーケースと中古のテレビと勉強机と冷蔵庫とちょっと広い台所とトイレがあって、バスルームはなかった。電話があって、これが世界とつながってる最新鋭の機械だった。

このころはまだ何だって手作りだった。西洋料理を手作りで作ってクリスマスに彼女と食べたのだ。あとは葡萄酒と（赤玉ポートワインじゃないやつだ）、それからファンシーな店で買ったプレゼントを用意して、クリスマスを過ごした。いまからおもうと、子供用のクリスマスからどうやったら若者用のクリスマスになるのか、いろいろと自分たちで工夫していたのだ。とりあえず手作りになってしまう。

赤玉ポートワインじゃない葡萄酒は最低３０００円からしか売ってなかった。すべての葡萄酒はとても高く、数百円で一本買える21世紀から見ると悪い冗談にしかおもえない世界である。国産の葡萄酒が３０００円から、フランスワインは４０００円以上した。いまのワインと味はちがわない。しかし、祝祭を引き寄せる圧倒的な力を兼ね備えていた。ワインは、食卓に置くだけで、今日はいつもとちがう日だと宣言してくれる圧倒的な力があったのだ。いまのワインにはそんな力は残っていない。

街にフランス料理店というものがあって、そこでクリスマスを過ごせばたぶん楽しいんだろうなあ、とは想像できたが、大学生の行けるフランス料理店は西武新宿線沿線にはなかった。少なくとも、僕の知ってるかぎりはなかった。アングルという雑誌を買って調べてみたが、僕の行けそうな店はなかった。それ以外に食べ物屋が紹介されているのは文藝春秋の『東京いい店うまい店』しか知らず、その本に載ってる店なぞ、今世紀中に行けるとはとてもおもえなかった。そもそも『東京いい店うまい店』という本を買う金さえなかったのだ。だから料理も手作りだった。フランス料理のつもりだった。それはそれですごいとおもう。厳密にいえば、とてもフランス料理といえるものじゃなかったけれど、そんなことは誰も問題にしなかった。

プレゼントも手作りだった。

80年代に消えてしまった風景

ちなみに僕の誕生日は2月なので、1970年代の後半から1980年代の半ばにかけて、手編みのマフラーとセーターとマフラーとセーターとマフラーとセーターをもらいつづけた。ずっとだ。妹までが誕生日に手編みマフラーをくれた。2月生まれは手編みをあげやすいのだ。12月生まれには編む時間が短いし、3月生まれだと春が近すぎる。2月生まれが一番いいみたいだ。だから2月生まれの男の子は日本中で手編みものをもらっていたはずだ。冬になると、山手線の中でも東西線の中でも西武新宿線の中でも、若い女の子が毛糸で何かを編んでいた。東急田園都市線でもたぶん編まれてたとおもうけど、乗ったことがなかったのでわからない。

若い娘が電車の中で編み針を動かしてるのは、何だか幸せそうな風景だった。

でも、1987年にもらったセーターを最後に、手編みものの誕生日プレゼントはもらわなくなった。編み針を電車の中で動かしてる娘も見なくなった。あれは昭和とともに消えてしまった風景だったのだ。あたりまえのようだったいくつかの日本の風景は、80年代に確実に消えてしまったのだ。知らないあいだに、僕たちはそういう世界を選択していたのである。

70年代には、まだいろんなものが手つかずだった。

「クリスマスを、若者に売れば、もうかる」とおとなたちが気づいたのは80年代に入ってからである。手編みのセーターを作らせてる場合ではない、と気づいた連中がいたのだ。そういう連中に見つかって、若者は逃げられなくなってしまった。

でもそういう連中を自分たちのまわりに引き込んだのは、若者だった。「革命を夢見る美しい世界」から「画期的に楽しそうな世界」に方向を変えて歩み出し、結局僕たちは「楽しそうな世界地獄」へと自分を追い込んでしまったのだ。若者と若者文化にとっての決定的なターニングポイントが迫ってきていた。

70年代のクリスマス記事

「クリスマスはシティホテルで過ごそう」と女性誌が言い出したのが1983年である。

古い雑誌を引っ張り出して調べたのだ。もちろんうちにそんなにたくさん古い雑誌は置いてないから、京王線に乗って八幡山で降りて、古い雑誌を集めている図書館に行って、かたっぱしから見ていったのだ。図書館はかたっぱしから見たがってる人に親切である。アンアンとノンノとポパイとホットドッグプレスをかたっぱしから見せてくれた。ほかの雑誌にもこんなクリスマス記事があります、と見せてくれた。

クリスマス・デートの記事は1970年代から始まっていた。

1970年アンアン「2人だけのクリスマス」
1972年アンアン「クリスマスに二人で行きたい店」
1974年女性セブン「彼を獲得する今年最後のチャンス。クリスマスイブ愛の演出方法」
1977年ヤングレディ「ふたりのためのイブの絵本」
1977年ノンノ「クリスマスの贈り物、愛する人へ心を込めて」
1979年ヤングレディ「二人きりの車内《カールーム》にキャンドルをともして……恋を語らう」

男性誌も含めて、1970年代のいろんな雑誌をかたっぱしから探して、見つかったクリスマス記事はこの六つだった。十年間で六つしかないのだ。たぶん本当はもう少しあるだろうけど、僕にはこの六つしか見つけられなかった。男性誌には載ってなかった。見つけられなかった。いまだったら11月のある一日に出された雑誌だけで、この十年分のクリスマスの記事を越えてしまうとおもう。

1970年代のクリスマス記事を読んでいると、世の中に、まだ恋人たちのクリスマスの場所が用意されていないことがわかる。まだそういう商売が出てきてないのだ。だから若い人たちは、自分で工夫して、ロマンチックな夜にするしかない。雑誌は、その創意工夫を提案してくれているのだ。いま読むと、想像しにくい風景だ。

それはたとえばこういうことだ。

7月14日はフランス革命記念日だ。これを祝って、フランス革命記念らしい飾りつけをして、フランス革命記念らしい食事を食べ、フランス革命記念らしいお祝いの品の交換をやろう、それも恋人同士でやろう、二人っきりでロマンチックにやろう、といま、僕がおもいついたとする。でも7月13日の夜にセンチュリーハイアットに行こうと六本木ヒルズに行こうと椿山荘に行こうと、どこに行こうとも、誰に何もそんなお祝いセットは用意してくれていない。僕が自分で工夫して調達して演出して、祝うしかない。

1970年代の〝恋人たちのクリスマス〟はそれと似たような状況だったのだ。女性側の圧倒的リードで、ロマンチックなクリスマスは招き寄せられる。

1970年代のクリスマス記事で印象的なのは1974年の女性セブンの「クリスマス

イブ愛の演出方法」だ。乱暴に要約すると「彼を酔っぱらわせて、やっちゃいましょう」という記事である。身も蓋もない。

こういう記事を読んでいると、1970年代は「若者」というカテゴリーがまだきちんと社会に認められていなかったんだということがわかる。

これは若い女性に向けて書かれてはいるが、「若者」に向けては書かれていない。彼を酔っぱらわせて抱かせてとっとと結婚して社会に落ち着く場所を作りましょう、とすすめているだけだ。女性は、女性として、社会の役割を担っていきましょう、という話を、恋愛を通して語っているだけだ。この場合の役割は、専業主婦になるということだけど。

おとなにとって、若い連中とは、社会で落ち着く前に少々あがいてるだけの、若いおとなでしかなかったのだ。その後、「若いおとな」とはまったく別個の「若者」という新しいカテゴリーが発見され、「若者」に向けての商品が売られ、「若者」は特権的なエリアであるかのように扱われる。若い、ということに意味を持たせてしまった。一種のペテンなのだけど、若さの価値が高いような情報を流してしまって、とにかくそこからいろんなものを収奪しようとした。そして収奪は成功する。

あまりまともな商売ではない。田舎から都会に出てきたばかりの人間に、都市生活に必要なものをべらぼうな値段で売りつけているのと変わらない。それも商売だと言えば商売だが、まともな商売とは言えない。自分たちでまだ稼いでない連中に、次々とものを売りつけるシステムを作り上げ、すべての若い人をそのシステムに取り込み、おとなたちがその余剰で食べてるという社会は、どう考えてもまともな社会ではないのだ。まともではない社会は、どこかにしわ寄せがくる。それが21世紀の日本と日本の若者だ。

雑誌アンアンの1983歴史的宣言

クリスマスの話だ。

1981年のノンノで「ペンションですごすホワイトクリスマス」という記事が出た。いかにも80年代らしい。ノンノという雑誌は、内向的少女向けという一面がある。だからこの記事も女の子同士でペンションに行ってる。そのほうがロマンチックだったからだろう。メルヘンそのものだ。ノンノはクリスマスプレゼントはとにかく手作りのものをすすめていた。70年代的世界だ。80年代になると時代とノンノは、ずれていってしまう。

そして世界を転換させたのが1983年のアンアンだ。

1983年の12月のアンアンでクリスマス特集をやった。

「クリスマス特集　今夜こそ彼の心《ハート》をつかまえる!」だ。

そのなかに「クリスマスの朝はルームサービスで」というページがある。シティホテルに泊まって、朝、ルームサービスで彼と朝食をとろう、という記事だ。なるほど。当時はおもいもつかなかった。たぶん僕が男子だったからおもいもつかなかったんだとはおもうが。

『an•an』1983年12月23日号

この記事はいま見てもかっこいい。真似したくなる。やはりクリスマスイブはシティホテルに泊まって、クリスマスの朝はルームサービスで朝食をとりたくなる。ただ1983年当時のチェックアウトは10時のような気がする。ちょっと慌ただしそうだ。

クリスマスを若者向けに商品化するのは、1983年のこのアンアンの記事から始まった。厳密にはもっと前から始めていたところがあるだろう。のん気な男子には気がついてない連中が多い。でも特定するのなら、この記事からだ。歴史的に高らかに宣言したのは、このアンアンからである。トマス・ジェファーソンが原文を起草したアメリカ独立宣言前文のごとく、チェ・ゲバラがカストロに残した訣別の手紙のごとく、その瞬間には世界のみんなに知られているわけではないが、あとでじんわりと効いてくる文言というものがあるのだ。あとからまとめて雑誌記事を見たとき、このアンアンはあきらかに突出していた。1963年のレノン＝マッカートニーみたいだ。だから、日本のクリスマスが若者のものとなったのは、1983年からなのである。当時、若者だった実感から言っても、これはまちがってないとおもう。ただし当時はこの記事を見てないんだけど。

クリスマスが恋人たちのものになったのは1983年からだ。

そしてそれは同時に、若者から金をまきあげようと、日本の社会が動きだす時期でもある。「若者」というカテゴリーを社会が認め、そこに資本を投じ、その資本を回収するために「若者はこうするべきだ」という情報を流し、若い人の行動を誘導しはじめる時期なのである。若い人たちにとって、大きな曲がり角が1983年にあった。女子が先に曲がった。それを追いかけて、僕たち男子も曲がっていった。いまおもうと、曲がるべきではなかった気もするが、当時はどうしようもなかったのだ。

アンアンは1984年もおしゃれな「男と女のクリスマス」という特集を組む。このあたりからアンアンとノンノに決定的な差が出てくる。1970年代には「アンノン族」として両者ひとからげにまとめられていたのだが、80年代に入って、アンアンが先頭を切り続け、手作り派のノンノは置いていかれるのだ。

そのとき、男性誌は……

いっぽう、男性誌を見ると、絶望的な気分になってしまう。

たとえばポパイ。当時はカタログ雑誌として、流行の先端の商品を紹介していた。日本では売られてない商品もよく紹介されていた。まだアメリカと日本はきちんとつながってはいなかったのだ。

そのポパイは1978年から1983年まで、クリスマスの時期に「今年もらいたいモノカタログ」という特集を組んでいる。六年続けて組んでいる。「カノジョ、今年のクリスマスにはこれをプレゼントにちょうだい」という特集だ。クリスマスという単語は入っているが、クリスマスとは何も関係ない。ただのカタログである。その年に紹介したすぐれものを年末にまとめて再録したカタログが「これちょうだい」なのだ。

当時、ポパイを熱心に買っていたからよく覚えてる。月二回刊行だったポパイはときどき買い忘れるので、年末のこのちょっとぶ厚い「もらいたいモノカタログ」はうれしかった。その年のおしゃれなグッズがずらっと載っているのだ。金がないから買えないんだけど、カタログを見てるだけで楽しかった。もうちょっとしてお金持ちになったら買おうとおもって、眺めてるのが楽しかったのだ。この場合「カノジョ」も「クリスマス」も「これちょうだい」も関係なかった。ほんとうにそういうリクエストをしていた男もいるのかもしれないが、僕はただのカタログ総集編として眺めていた。

アンアンでは「シティホテルでクリスマスを」と特集してるときに、ポパイはまだ「これちょうだい」だったのだ。

それから二十年後、この古い雑誌のコピーを整理させていた女子大生アルバイトのハナエが、いきなり質問してきた。ハナエは1980年生まれだ。「この、ポパイの、クリスマスにはこれちょうだい、ってどういう意味ですか」。少し怒ってる。クリスマスシーズンの男の子の雑誌に、男の子の欲しいものが特集されてる意味がわからない、と言うのだ。

たしかにそうだ。21世紀になってから、二十年前のこんな一部だけを切り取って見せられても、意味がわからないだろう。だからって怒られても困る。1980年のポパイ少年として怒られてる気もするし、時代を超えて女の子を代表して「男の子はいつも自分のことしか考えてないんですね」と怒られてる気もする。昔の雑誌を介して怒られるのは理不尽なのだが、怒ってる内容は正しい。女性に怒られるときは、いつだってそうだ。入口は間違ってるんだけど、指し示してるポイントがおそろしいほど正確なのだ。何も言い返せない。

とっさに「これは、当時は我が国もまだ男尊女卑だったからだよ」と答えてしまった。

まちがってはいないとおもうが、正しい説明でもない。でもそれ以外にとっさにひとことで納得させる説明がおもいうかばなかったのだ。二十年前の女性誌は現在の出発点になっているが、男性誌は旧時代の遺物でしかない。

ばかな男子とおませな女子

絶望的な男性誌の遺物的記事はまだつづく。

1985年、いよいよバブルに本格突入していったこの年、ポパイはクリスマスについて何も触れていないが、ホットドッグプレスは「去年までは、クリスマスはパーティを開く口実だった。でも今年からクリスマスとパーティは対等だ」と書いている。一瞬、意味がわからない。開き直ってるようにも見える。落ち着いて読んでみると、つまりは「少しはクリスマスとかロマンチックとか理解してるふりをしたほうがいい」と言ってるだけなのだ。

男子にとってクリスマスは、まだパーティなのだ。クリスマスは、まだカップルで過ごす日ではなく、仲間が集まって騒ぐ日だったのだ。花見とまったく同じである。桜はどうでもいい。集まって騒ぎたい。4月は花見。12月はクリスマス。21世紀から眺めてると、ほんと「落ち着け。落ち着いてまわりを見ろ、女子を見ろ」と言いたくなってくる。

1984年までは仲間が集まって騒ぐことに主眼があったが、1985年からは少しクリスマスについても考えてみよう、という記事である。

クリスマスについて考えるといっても、東方の三博士を馬小屋に招いたベツレヘムの星の正体について考えたり、キリスト教を国教にしたコンステンティヌス帝の心情を理解したりしようってことじゃなくて、女の子がクリスマスクリスマスとうるさいから、そのロマンチックさにも少しは目を向けようということのようだ。でもまだ、本気で女の子とロマンチックに過ごそうとはしていないようだ。心根としては花見と同列である。ばかな男子とおませな女子でうずまいてる中学校の教室を覗いてるような気分になってしまう。

80年代が女性の時代に、少なくとも商品消費が女性主導の時代になっていくのがよくわかる。男は、だめだ。何もわかっていない。

クリスマス・ファシズムの始まり

ポパイがまるまる一冊「クリスマス、今年こそ決めてやる」という特集を組むのはやっと1987年になってからである。ホットドッグプレスは一年遅れて1988年からだ。遅れたぶん全力だ。二号連続で組んだ。

ポパイが「これおくれモノカタログ」をやめて「彼女へのプレゼントにこれをあげよう

特集」を始めたのも1988年だ。やっと1988年のこの時点で、「若者は、クリスマスを恋人同士で過ごさないといけないのだ」という情報が日本のすみずみまでいきわたったことになる。あっという間の転換である。

ここから、クリスマス・ファシズムが始まった。

「クリスマスは恋人たちの日である」テーゼを、あまねく広めようと多くの人が動きだしたのである。多くの人が、頼まれもしないのに、報酬もないのに、ある思想を徹底的に広め始めたのだ。ほとんどの場合、その思想に遅れて気づいた人や、本気で信じていない人ほど、命がけで広めようとする。「クリスマスは恋人たちの日でないわけがない」と言ってまわるのだ。1984年にはまだクリスマスと花見を区別してなかった連中が、その四年後には「クリスマスが恋人の日であるのは千年も昔から決まってたのだ」と言い始める始末である。遅れてきた連中は、不思議な文献を掘り出してきて、不思議な言説を加えたりする。どこまで行ってもうちの国では同じことの繰り返しである。

80年代は若者にとって、わけがわからないまま、何かが変わっていった時期だった。

個人的な記憶によると、1984年はおしゃれなことを始めた年で、1985年は遊びに金をかけてもいいんだと気づいた年で、1986年と1987年に遊びにかける金をおそるおそるではあるが増やしていって、1988年にはもうこのあたりが金をかけるのが限度だろうとおもったんだけど周りを見るとまだ天井じゃない感じがして、そのまま遊びほうけて、そのあとはそのままやけになって使い続けた、というのが1980年代の僕の消費の記憶である。クリスマスの拡大は、この記憶と同じように広がってる。

クリスマスを恋人同士で、という動きは80年代の末にますます拡大していった。ファシズムなんだからとどまりようがない。まさに壊滅に向かって、どんどん拡大していったという感じがする。

1989年に昭和が終わり、平成が始まり、クリスマスは拡大しつづけた。

クリスマスが拡大していくとはどういうことかというと、あらゆる男女がクリスマスイブにフランス料理を食べに行ったということだ。元気な男はクリスマスイブに二つ、クリスマス当日に一つ食べに行ったりした。早めに食べてホテルに入って浅い時間に出てきて別れて、そのあと深夜コースでもう一人すませて、翌日も一人というわけである。みんなおかしかったのだ。

みんな、どこかおかしいと気づいていた。誰か止めてくれよ、とおもいつつ拡大していったのだ。

拡大、そして定着

クリスマス拡大のピークは1990年だった。

ポパイは「完璧クリスマス準備企画　もうクリスマスは怖くない」、ホットドッグプレスは「必勝！　2人ですごすイヴ大作戦」を堂々と特集していた。時代の少し先を行く雑誌だったポパイは、バブルの嵐に押し潰され、その片鱗も残っていない。おしゃれな雑誌ではなくなっていた。ただのマニュアル雑誌である。でも、男の子にとっては出遅れたぶん、必死で取り戻すしかなかったのだ。遅れてきた殉教者たちは、懸命にクリスマスを恋人のものにしようとした。おかげで日本の若者にとって、お正月よりもクリスマスのほうが大事な日となって定着した。21世紀に深く入り、ナショナリズムが大きな嵐として揺り戻してくるまでは、そういう日々が続くはずである。

1990年、若い男の子向けの雑誌ではクリスマスをどう過ごすかが必死で特集されてるとき、一般雑誌ではクリスマス批判が始まる。

「クリスマスに彼女とHしたかったらホテル一流、贈り物給料一ヶ月分だと」（週刊テーミス）

「ホテル、レストランは超満員　若者のクリスマス馬鹿騒ぎ　もういいかげんにせんかい」（週刊文春）

「俗悪クリスマスをぶっ潰せ」（週刊プレイボーイ）

こういう記事が1990年になっていっせいに出始めた。黙ってられなくなった、ということだ。あまりに度が過ぎるので、少し説教した、というレベルのものだけど。バブル経済に対する不安が、若者に向けられただけでもある。実体が感じられないほど景気が上昇しつづけて、とにかくおとなは不安になりだしてたのだ。

ばか騒ぎは1990年がピークだった。ただ拡大が止まっただけである。少し揺り戻して定着した。1983年以前には戻らなかった。「クリスマスは恋人たちの日である」というテーゼは完全に受け入れられたのだ。1983年より前には存在しなかった思想が定着してしまった。

もう1966年のクリスマスのことなんて、誰も覚えていないのだ。クリスマスが恋人たちのものではなかった時代の記憶は、不思議な脳手術を受けてしまったかのように、きれいに消えてしまっている。1980年以降にものごころがついた連中は「クリスマスが恋人たちのものだった」歴史がとても古いとおもってる。11世紀の十字軍が始まりだと聞けば信じるだろう。ギリシャ神話にまでさかのぼれるといっても信じてしまいそうだ。いやはや。もう、世界を構成する一要素として認めてるのだ。

もう逃れられない

最初はロマンだった。女性にとってのロマンが少なかった時代にクリスマスをロマンチックな日にしたいと希求した。願いはかなえられたが、スーツを着たおとなたちがやってきて若者向けのイベントとしてシステム化し、収奪機構として整備し、強迫観念として情報を流し続けた。目的がしっかりしてるからシステムが強固である。子供は素直に信じる。子供は十年で若者になる。1983年にシステム化された「恋人たちのクリスマス」は、冬至の祝祭の呪縛のように、人間社会の発生とともにあった制度然として存在してしまっているのだ。もう逃れられない。

1990年がピークだったが、1991年以降も恋人たちのクリスマスは続いた。80年代に作られたものは、90年代には拡大されることもなかったが、壊されることもなかった。90年代は80年代の補強と定着に費やした十年だったのだ。90年代はカルチャー面では、どこまでいっても80年代の補償期間でしかない。

そしてそのまま恋人たちのクリスマスは21世紀に受け継がれ、固定されている。うっすら拡大もされている。クリスマスがずいぶん前倒しされているのだ。かつては12月半ばにならないとクリスマスソングを街で聞くことはなかったが、いまは11月から聞ける。どうやら11月3日の明治天皇誕生記念の祝日がおわると、クリスマスシーズンを開始してよいことになってしまったようなのだ。ディズニーランドのコマーシャルがテレビで流れ続けるせいでもある。クリスマスは、広く大きく拡大してしまったのである。

クリスマスは本来、冬至の祭りだった。

どうも、そうらしい。

冬至は一年でもっとも日が短い。冬至を越えると日が長くなる。冬至の祭りとは、だからこれから日が長くなり、命が新しく生まれる季節に向かい始める、太陽と生命を讃える祭りだというのだ。

人類にとって冬至の祭りは、キリスト教と関係なく存在し、生命の喜びの祭りなのだ。だからクリスマスを男女で祝うのは、いわれがないわけではない、という話を何度か聞いた。インターネット上では、出所を何もチェックしないそういう情報があふれている。まちがってはいないだろう。でも何か違和感をおぼえる。

恋人たちのクリスマスになる前は、こういうお話は聞いたことがなかった。

この、わかりやすい、耳に心地よい言説は「異教の祝祭に乗っかってしまううしろめたさ」に対しての懸命な説明のように聞こえる。あとから来た説明なのだ。「クリスマスは恋人たちのもの」という考えと「クリスマスは冬至の祭りだ」説は結びつけやすいということなのだろう。遅れてきた連中が、思想強化のために積極的に採用した魅力的な俗説にすぎない感じがする。フランス革命のときのジャコバン党も、ロシア革命のときのボルシエビキも、昭和前期の日本国の軍人も、文化大革命の中国の毛沢東一派も、同じようなことをやっている。クリスマス・ファシズムだというのは、そういうことでもある。

クリスマスは冬至の祭りと関係あるとはおもう。でもそれをみんなが一生懸命説明しようとする状況は妙だとおもう。

クリスマスは1983年を境に日本の高度資本主義経済の中に取り込まれ、時期を同じくして収奪対象としての「若者」が作り出され、このシステムを僕たちはとうぶん手放すことができない、ということなのだ。

バレンタインデーの起源は1977年

ついでにバレンタインデーのことについても、簡単に触れておこう。

バレンタインデーも似たような経過をたどった。

かつて日本にはバレンタインデーはなかった。少なくともチョコレートと関係あるバレンタインデーは世界中どこにもなかった。

1958年にメリーチョコが、1960年に森永製菓がバレンタインデーにチョコレートを贈ろう、という企画を始めた。最初はそんな大きな動きではなかった。僕は1964年から1970年まで小学生だったが、バレンタインに誰もチョコレートの話なんかしなかった。知識としてなかったわけではない。でも「アル・カポネとバレンタインデー」という組み合わせと「チョコレートとバレンタインデー」という組み合わせは、同じレベルの情報でしかなかった。知らないわけではないが、知っていてもどうしようもない情報だったのだ。ただ後年、同級生の女子に聞くと、小学生のときにもひそかに一部ではやりとりしていたらしい。1920年代のシカゴで酒を密売してるように、実にひそかにチョコレートを手渡していたらしいのだ。ぼおっと暮らしてる男子が気がつくはずがない。

1970年代の前半、中学生になると、女子が少し騒いでいた。でも、僕のところには何も来なかった。1972年には、まだバレンタインデーというものが存在しない、とおもって生きていても何も不都合はなかった。

1974年の2月、高校一年のとき、隣の4組の男子全員の机の中にハートチョコが入っていた、という衝撃のニュースが僕たち3組にも伝わってきた。あとで、全員ではないらしいという情報も伝わってきた。バレンタインデーに取り囲まれだしたのだ。アラモの砦《とりで》で戦ってるような気分である。

1975年の2月には、ついに僕のところへ一つだけやってきた。そのころ同学年の女の子とつきあってたのだけど、彼女はくれなかった。くれたのは一学年下のまったく知らない女の子である。しかも当人ではなく、その友だちが持ってきてくれた。だからくれたのがどんな女の子だったのか、いまだにわからない。つきあってた彼女に、誰からかわからないけどもらったよと言うと、どんな子なのか調べてくる、と下の学年の教室にまで見に行っていた。大丈夫だと言っていた。何が大丈夫なのかよくわからない。彼女はけっきょくチョコレートはくれなかった。もうすでにつきあってるんだから、渡す必要はないだろう、と考えてるようだった。チョコレートは告白する特別なときにだけ渡せばいいのだ、ということらしかった。1975年のバレンタインデーというのは、その程度のものだったのである。

四歳下の弟が中学三年のときに、ものすごい量のチョコをもらってきた。

1977年の2月のことだ。時代の差だ。僕がいま中学三年だったら、同じくらいもらえていたはずだ、だからこれは僕のものでもある、と弟に言って、その大量のチョコを半分奪って食べた。ほんとうに、時代のちがいでチョコがもらえなかったのだと信じていた。おもいちがいである。いまふつうに想像すると、僕が四年遅く中学生をやっていても、弟ほど大量にもらえていたはずがない。

ただ僕が中学三年だったときには、僕はもちろん、僕以外の誰もそんな大量にチョコレートをもらってるやつはいなかった。1973年と1977年のあいだに、中学生にとってのバレンタインデーは劇的に変化したのだ。

調べてみると、デパートに初めて「バレンタイン専用売り場」が登場したのは1976年である。そしてその翌年1977年に「バレンタインデー用の専用チョコ」が初めて売り出された。

僕の記憶と符合する。バレンタインデーがブレイクするのは1977年なのだ。

義理チョコと本命チョコ

1982年に初めて「義理チョコ」という商品が発売された。ということは、すでにそれ以前に「義理チョコ」という言葉があったということだ。愛の日としてのバレンタインはクリスマスより早く、1970年代の後半に全国に広まっていった。冬の愛の行事として、バレンタインが牽引し、クリスマスが地ならししていったと言える。

僕は1979年にやっと大学に入り(高校卒業して三年後だ)、1980年の2月にサークルの一年生だけ男女十人で河口湖へ一泊旅行に行った。帰りの日が2月14日で、そのとき男子は一つずつチョコをもらった。女子一同から一つずつもらったのだ。つまりは義理チョコである。とても喜んで食べた。ただあとで、イノウエはサユリちゃんから、別のちゃんとしたチョコをもう一個もらっていた、と聞いた。そういうことはいつも、ずいぶんあとになって聞かされる。1980年2月にすでにサユリちゃんはイノウエとその他の男子を明確に区別し、義理チョコと本命チョコは明確に区別されていたのだ。

そのあと1983年の愛のクリスマス開始とリンクし、世のバブル的経済拡大騒動にリンクして、80年代のバレンタインは、すごい熱気を帯びてくる。1月末からデパートの地下売り場と、東急ハンズの手作りコーナーとは、ものすごい熱気であふれていた。義理チョコもあまねく日本のすみずみまで広がっていった。

80年代後半のバブル期に一時、チョコレート以外の高価なものも一緒につけるという動きも出たが、すぐに沈静化した。そのまま90年代を通し、21世紀に入ってもバレンタインはバレンタインである。たまにマリーンズを優勝させることもあるが、だいたいの場合は、チョコレートを女性が配る日である。職場でも配ってまわってるらしい。なかなか大変だとおもう。うちの事務所でも、アルバイトの女子大生はかならず僕にくれる。大変だ。「あまりあげたくもないのに義理であげた男にかぎって、ホワイトデーには何も返してこない」という話を女性から何回か聞いた。バレンタインデーとホワイトデーはあまりにも均衡がとれておらず、そのことについて女性は深い怨念を抱いて男性が知らない世界では実は大変なことになっているのだが、それはまた、別の話。

バレンタインデーは結局、14歳の愛の告白でしかない。中学生時代がピークで、中学のときは全員が気にしているが、高校になると、一部が離脱しはじめる。おとなにとっては、儀礼的贈答の日でしかない。お中元、お歳暮と同じだ。個人的な希望としては、お返しのホワイトデーは一週間後にしてほしい。2月21日。一ヵ月後だと忘れることがある。3月14日は浅野内匠頭の命日であることを優先したほうがいい。僕はそうおもう。検討を願う。

1983年の曲がり角

さて。

80年代の最初のころは、僕は大学生だったが、これから世の中が楽しくなりそうな気がしていた。自分たちの工夫で自分たちの楽しい生活が始まりそうな気がしていたのだ。たしかに楽しそうな生活が始まった。でも、その楽しさは、どんどん自分の手から離れていった。

とにかく、ひとつの曲がり角は1983年にあった。1983年は象徴的な年なのだ。

1983年当時、僕は大学生で、貧乏だった。でもこれから、確実に貧乏でなくなっていくんだ、とおもったのが1983年だった。

得られるものはじつに楽しそうだった。

でもいま振り返ると、失ったものも大きかった。

それまでは20代の若者を社会は見逃していてくれたのだ。若くて元気であまりお金がない連中を社会はほうっていてくれた。早く社会に入っておとなになりたいやつは急げばすぐおとなになれるし、まだしばらく遊びたいやつは、ちょっとしたものと引き替えにしばらく遊んでいられたのだ。ただ、若者に向けた遊び場は少なく、でも自分で工夫すれば楽しく過ごせたという時代だ。僕たちは大昔からずっとそういうシステムでやってきたのだ。

でも1983年からあと、社会は若者をほうっておいてくれなくなった。いったんかまわれ始めると、永遠にかまわれてしまう。こうなるのがわかってたら僕は断っていてもよかった。でも、誰もそんなことは教えてくれなかった。もちろんこうなるのがわかっていても、僕は断れなかっただろう。女の子がこっちが楽しいよと曲がるもんだから、そっちについていっただけなのだ。つまり、何回やり直そうと、僕は女の子のあとをついて角を曲がってしまうはずだ。それは選べそうで、選べないことなのだ。しかたがない。

そしてそれが1983年だったのだ。

第３章　１９８７年のディズニーランド

回転ベッドのないラブホテル

1983年から祭りの準備が始まった。

女性エリアを賑やかにすることから始まった。

僕の実感では、本格的に祭りが始まったのは1985年からである。落ち着いてると損をする、という時代が動きだした。

1984年には東京によく雪が降った。何回も降った。1月から3月のあいだに二十六回も雪が降ったのだ。

大学卒業を前にして、僕はライターの仕事を始めた。サークルの先輩から学習研究社の仕事を紹介してもらった。池上線の旗の台から学習研究社へ坂の多い道を歩いて通った。雪が積もると、子供たちが段ボールでそり遊びをしていた。ひたすら雪の坂を歩いていた。働きだすことは、雪の坂を歩くことなのだ、とおもいつつスニーカーで歩いていた。

学習研究社の仕事だけじゃ足りないので、つてを頼っていろんな仕事を始めた。実業之日本社の少女漫画雑誌の編集、週刊明星のライター、それからラブホテル雑誌の取材。

ラブホテル雑誌があったのだ。

創刊されようとしていた。出すのは出版社ではなかった。大阪の建設会社が出すという。

おそらく大阪の建築業界で成功して、東京のマスコミ業界に進出したいとおもったのだろう。それに誰かがうまく乗ったのだ。いま考えると、あまりきちんとした話ではない。誰一人として一年後のビジョンを持っていなかった。だから僕たち何の実績もないライターも、もぐりこめたのだ。雑誌は一冊だけ出て、その後、出なくなった。その建設会社がマスコミに進出したという話も聞かない。一冊だけラブホテル雑誌が残った。それだけだ。80年代にはよくあった話である。

一冊だけで終わったから、雑誌というよりはムックに近いものだが、とりあえず僕はラブホテル雑誌の創刊に加わって、ラブホテルをかたっぱしから取材した。

電話をして、アポイントを取って、カメラマンと一緒に取材に行く。いくつかの部屋を見せてもらって、写真を撮って、簡単な話を聞く。それがワンセットだ。一日に2セットから3セット、そうやっていくつものラブホテルをまわった。だから僕は1984年当時のラブホテルについては、やたらと詳しかった。

ちょうどラブホテルは転換期を迎えていた。

それまでのラブホテルと言えば、回転ベッドだった。室内の照明はピンクや紫。風呂の壁がマジックミラーになってるところもあった。妖しい雰囲気の部屋が用意されていた。ムード歌謡が似合いそうな部屋である。

80年代に入り、変わった。シンプルな部屋が流行りだしたのだ。何の飾りもない部屋。ビジネスホテルのようなシンプルな部屋のラブホテルが人気が出た。

「1983」というラブホテルが大人気だった。1983年に建てられたホテルだ。名前がシンプルで部屋もシンプルだった。僕は取材には行かなかったが、本当に何もない部屋だ、と見てきたライターは言っていた。ラブホテルだとおもって入ると拍子抜けする、と言っていた。それが男性ライターの意見だった。

ぎらぎらした回転するベッドで喜ぶのは、男性である。ピンクの照明や、妖しい雰囲気で興奮するのは昭和の男性ばかりである。ホテル1983を喜ぶのは女性だ。ふつうの、何もない部屋で過ごしたがったのは女性である。

ラブホテルを女性が選び出したのだ。それまで、ラブホテルは男性が選ぶものだった。男性の趣味に合ってればよかった。ところが、クリスマスをホテルで過ごそうと女性が提案しはじめたのと同じ時期に、ラブホテルの部屋も女性向きになったのだ。女性が落ち着ける部屋じゃないと、受けなくなった。

セックス場所を選ぶ主導権が、男性から女性に移ったのである。

日本文化史上、画期的な大転換だ。たぶん、そうだ。

セックスのサーブ権が男性から女性へ移動したのだ。

ホテル1983がそのランドマークだった。

セックスが「エッチ」になった

ちなみにセックスのことを「エッチ」へと言葉を変換したのもこのころである。ソフトな表現にした。僕たち大学生が積極的に変えた。僕も変えた一人だ。

小学生のとき、スカートめくりをすると「エッチね！」と女子から怒られた。エッチは男子が勝手に性的行動に走ったときに、男性に向かっての非難の意味だけで使われていた。小学生のとき国語辞典で「エッチ」を調べたら載っていた。女学生が「変態」のことを隠語として使っていた、と書いてあった。たしかに1960年代はそういう使われ方だったんだろう。想像がつく。女学生が集まって、横目で男子を見ながら聞こえるような聞こえないような声で、「ちょっとちょっと、あいつ、変態よ」という意味で「ちょっと、あいつ、エイチよ」と言っていたのだ。エイチ、と発音していたような気がする。エッチではなくエイチ。気をつけたほうがいいわよ変態よエイチよ。そう彼女たちは言って、自分たちの世界を作っていたのだ。それが1960年代の女学生の風景だ。

そのエッチという音を復活させ、意味をスライドさせ、定着させてしまった。僕たちがやった。僕だけではない。たった一人でエッチという言葉を復活させているとおもっていたとき、サークルの二年後輩の町山智浩が若い連中に同じようにエッチという言葉を使っているのを見て、驚いたことがある。同時多発的に僕らが使い始めたのだ。同時多発的に「エッチ」という言葉を変態から性行為の意味にねじ曲げたのである。まさか定着するとはおもわなかった。

そもそもスカートめくりがエッチだったのだ。スカートめくりからセックスまではかなり距離がある。ただ性行為を幼児的言葉で表現してみただけなのだ。冗談で使っていたら、それが広まってしまったのである。あまりいい言葉を広めたという気がしない。セックスのことをエッチと言い換えてから、何かがおかしくなっているとおもう。性行為はやはりおとなの行為なのだから、幼児的表現を使うべきではなく、おとなの言葉を使うべきだったのだ。

でもそれは回転ベッド的な世界観だということになるだろう。1970年代に捨て去られた世界観だ。安田講堂の隅っこのほうを探すとまだ残ってるかもしれない。

「女性に嫌われないための表現」がとても大事な時代になっていったのだ。

ターニングポイントが1983年にあり、85年に大きく表面化してゆき、80年代全体を覆った新しい思想である。

「女子に嫌われないように行動しよう」

それは具体的に言えば「ホテル１９８３でのエッチ」なのだ。

東京ディズニーランド開園

１９８３年4月15日金曜日。東京ディズニーランドが開園した。

現在からは当時のディズニーランドの風景がすこし想像しにくい。

まず、何といっても規模が小さかった。

ジェットコースターはスペースマウンテン一台きりである。あとはカリブの海賊とホーンテッドマンションとジャングルクルーズしかなかった。いや、もちろんアトラクションはいっぱいあったが、大学生が行って、乗りたいとおもったものはその四つしかなかったのだ。初めて行ったとき、すごく並んでホーンテッドマンションに入り、あとはしかたないのでイッツ・ア・スモールワールドとピノキオの冒険に乗った。意味がわからなかった。たぶん、イッツ・ア・スモールワールドとピノキオの冒険は、いま乗っても意味がわからない人が多いとおもう。僕はその後、ディズニーランドの本を書くためにいっぱい勉強したので、意味くらいはわかる。でも、それだけだ。オフサイドの勉強だけして、いきなりサッカーの試合に出てるようなものだ。ほんもののディズニー好きとは、生きてる時空がちがっている。

男子大学生にとって、東京ディズニーランドはべつに楽しいところではなかった。それはいまでも変わっていない。でもジェットコースターは三つ半に増えたし(半、というのは子供向けガジェットのゴーコースターを指してる)、ぐるぐるまわる乗り物もある。ディズニーアニメ世界をまったく知らない人が入っても、がまんできる時間は長くなっている。

でも1983年は、ディズニー好きの人しか楽しめなかった。僕たちががまんできる時間は四十五分が限度だった。

だから、すいていた。そもそも三百六十五日営業はしてなかった。冬は何日か休んでいたのだ。東京ディズニーランドにとっての初めての冬は1983年の暮れから1984年にかけてで、そのあいだ東京には二十六回雪が降ったのだ。浦安にも降ったはずだ。雪で休みになった日まであった。そういえば「世界で初めて雪の積もったディズニーランドでのミッキーとミニー」という写真を見たことがある。フロリダとカリフォルニアのディズニーランドには雪が降ったことがないらしい。1984年の1月19日の雪が、世界で初めてディズニーランドに積もった雪だったのだ。

1983年大晦日のシンデレラ城前

1983年の大晦日は東京ディズニーランドで過ごした。

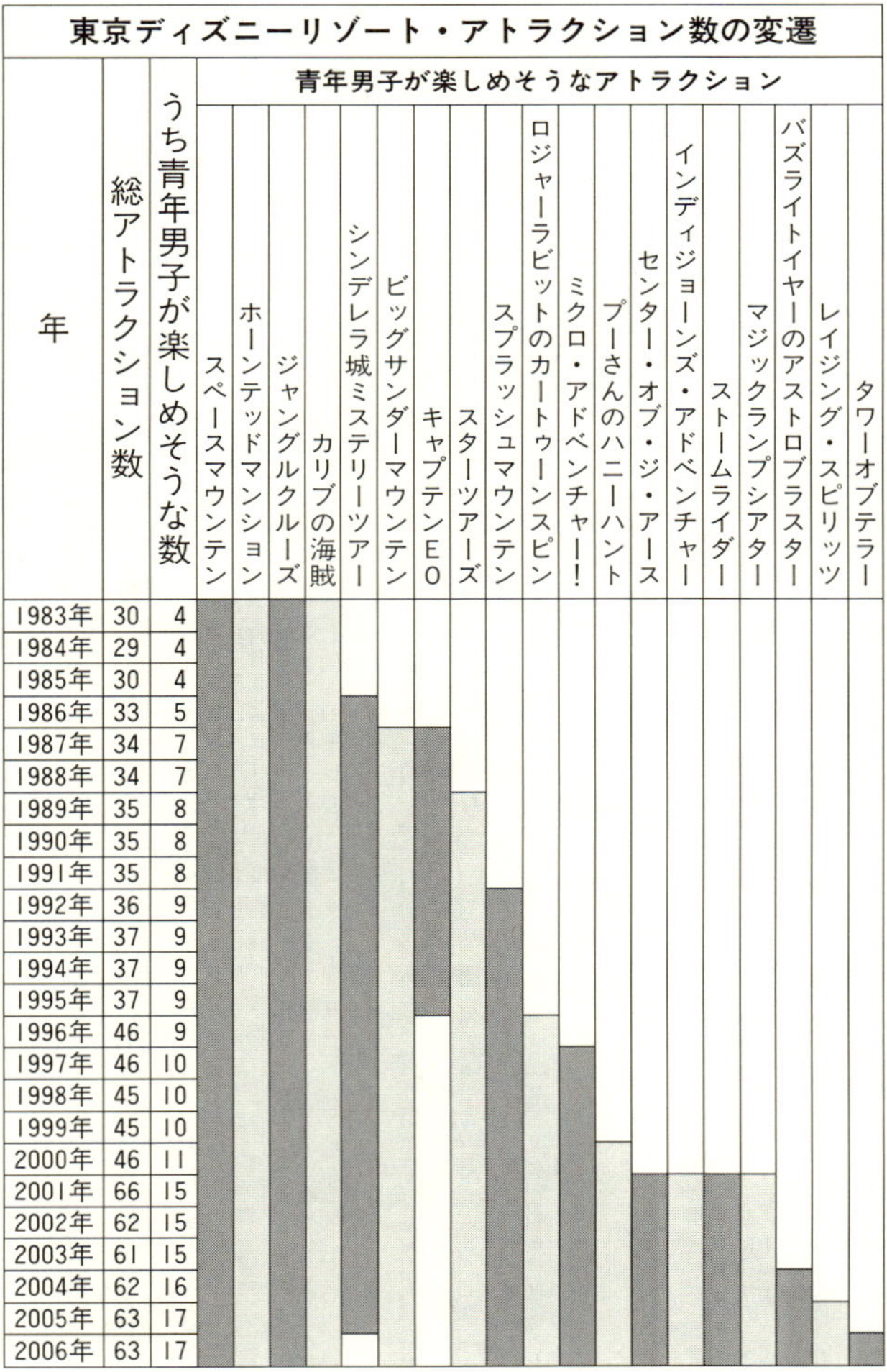
東京ディズニーリゾート・アトラクション数の変遷
年
総アトラクション数
うち青年男子が楽しめそうな数
青年男子が楽しめそうなアトラクション
スペースマウンテン
ホーンテッドマンション
ジャングルクルーズ
カリブの海賊
シンデレラ城ミステリーツアー
ビッグサンダーマウンテン
キャプテンEO
スターツアーズ
スプラッシュマウンテン
ロジャーラビットのカートゥーンスピン
ミクロ・アドベンチャー!
プーさんのハニーハント
センター・オブ・ジ・アース
インディジョーンズ・アドベンチャー
ストームライダー
マジックランプシアター
バズライトイヤーのアストロブラスター
レイジング・スピリッツ
タワーオブテラー
1983年 30 4
1984年 29 4
1985年 30 4
1986年 33 5
1987年 34 7
1988年 34 7
1989年 35 8
1990年 35 8
1991年 35 8
1992年 36 9
1993年 37 9
1994年 37 9
1995年 37 9
1996年 46 9
1997年 46 10
1998年 45 10
1999年 45 10
2000年 46 11
2001年 66 15
2002年 62 15
2003年 61 15
2004年 62 16
2005年 63 17
2006年 63 17

仲間十人ほどでシンデレラ城前で年を越した。

ディズニー好きがいたわけではない。1983年当時、若者が集まって年越しカウントダウンができる場所が他になかったのだ。たしか「浅草で内田裕也の年越しコンサートに行くか、浦安の東京ディズニーランドに行くか」という選択をつきつけられたような記憶がある。他にも何かやってたのかもしれないが、僕たちはその二つから選ぶしかなかったのだ。ディズニーランドにした。そっちのほうが、途中で逃げても怒られなさそうだったからだ。

夜9時に高田馬場に集合した。東西線で浦安に出て、駅前の不思議な浦安物産土産店街を通り過ぎてバスに乗り、ディズニーランドにたどりついた。舞浜駅はまだなかった。だから最寄り駅は東西線の浦安駅だったのだ。舞浜駅ができたのはそれから五年後である。国鉄は舞浜駅ができる前年にバラバラにされて、金儲けの道具にされてしまった。

1983年の12月31日。僕たちは9時に高田馬場を出て、10時すぎに東京ディズニーランドに入場した。難なく入れた。混んではいたが、その後の大晦日の東京ディズニーランドの混みぐあいをおもえば、夢のようである。入場者がほぼみんな、シンデレラ城前にいられたのだ。21世紀から見ると、中世の王国の話のようだ。いまは日本全国から抽選で選ばれた者しか入れないし、シンデレラ城前で年を越そうとしたら、中国からの密入国船の船底に入るぐらいの覚悟がいる。

まだまだ日本には、年を越す瞬間を大騒ぎで過ごす、という風習がなかったのである。だからそのあと、午前1時だか2時だかに閉園になった。放り出されたのである。浦安駅に向かうバスを延々一時間以上待ち続けた。おそろしく寒かった。二十年以上たっても、あのバスを待ってたときの、歯の根の合わない寒さは忘れられない。ディズニーランドでさえも、1983年当時は、大晦日一晩中営業して騒ぐ、という覚悟ができてなかったのだ。日本人はまだまだつつましく生きていて、若者の居場所は限定されていたのだ。

ディズニーランドの聖地化

四年後、またディズニーランドで年を越した。

1987年12月31日だ。横綱の双羽黒の廃業が決まり、立浪部屋では大騒ぎをしていたころ、僕たちはまた高田馬場に集まった。午後9時集合。四年前と同じだ。舞浜駅開業の十一ヵ月前である。東西線の浦安駅に出た。そこからバスでディズニーランドに向かおうとした。もちろん前売り券など買っていない。当時のディズニーランドはおもいついたときにふらっと行けばいつでも入れる場所だった。そう僕はおもいこんでいた。

入れてはくれた。たどりつけば、である。

1983年と1987年ではディズニーランドをめぐる状況がずいぶん変わっていたのだ。

まずバスに乗れない。恐ろしく混んでいた。バスを待つ列が数百メートルほど延びていたのだ。次々とピストン輸送されていたのだが、おいつかない。東西線からはき出される客がどんどんたまっていった。浦安駅前で一時間待たされた。

超満員のバスでやっとディズニーランド前に着いたかとおもうと、今度はチケット売り場にたどりつけない。見たこともない列がチケット売り場につながっていた。並び始めたのが午後11時前。このままチケット売り場前で年を越してしまうんじゃないかとじりじりしたが、11時45分に何とか買えた。

あわてて中に入った。国境に設けられた難民キャンプのような混雑だった。突入した。国境の警備隊を振り切るような気分で、シンデレラ城前の群れの端っこにもぐりこんだのだ。何とかカウントダウンに参加できた。ただ、現場で合流する予定だったクボデラくんはチケット売り場の行列の最中に年が越えてしまい、もっと遅れていたサナエちゃんは浦安からのバスの中で年を越してしまっていた。

1987年、ディズニーランドが聖地化しはじめていた。ポパイがクリスマス特集を始めた年だった。

女の子の希望を優先する世界

ディズニーランドはディズニーファンのための世界である。ディズニーファンは基本的に女子だ。男は苦手な人が多い。

そもそも、ディズニーランドはウオルト・ディズニーというおじさんの頭の中に存在していたものだ。自分の頭の中の世界が大好きだったウオルトは、その世界を具現化させるために細心の注意を払った。悪意と混沌と征服欲をわかりにくく底に沈め、表面をきれいにコーティングした。とてもクリーンな世界を作りあげた。内側まで深く踏み込まなければ、とても心地よい時間が過ごせる場所を作った。ディズニーファンの女子にとって、とても居心地のいい場所である。男子は楽しめない。

ディズニーランドは「あるおじさんの妄想的世界の中にすんなり入れる人」しか楽しめないのだ。もちろん、すんなり入る男の子もいるだろう。でも、ふつう、男は他の男の妄想世界が苦手なのだ。自分の妄想のほうが正しいとおもってるため、人のフィクションを受け入れにくい。女性はそんなややこしい観念に興味がない。楽しければいい。意味なんか求めない。男はすぐ自分が納得できる意味をさがす。でもディズニーには納得できる意味は用意されていない。頭でわかってから動こうとする男は、ディズニーランドでは置いていかれるのである。だからディズニーランドでは、ママと子供だけが楽しくはしゃぎ、パパはぐったりするばかりなのだ。

デートでも同じことが起こる。

女の子は楽しんでいて、男の子が落ち着いていない。ディズニーランドでは、実は混沌と征服欲がうまく隠されているため、男の子はそこに勝負を挑んでしまうのだ。ディズニーランドに勝ちたくなる。具体的にいえば「混んでいるけど、僕だけうまく立ち回ってやる」という気になってしまうのだ。それもウォルトの策略である。混んでるディズニーランドで素人がうまく立ち回れるわけがないのだ。

だから、揉めているカップルをよく見かける。ディズニーランドでは女の子の求めてるものと、男の子のやりたいことが違っている。そして正しいのは女の子のほうである。ディズニーランドでは、女の子の希望どおりに動かないと、間違いなくひどい目にあう。ディズニーランドの理念と、男の子の行動は相反するものなのだ。そこのところをよく理解しておいたほうがいい。1983年当時、そんなことをわかってる男の子はいなかった。だからディズニーランドは若者のいる場所ではなかったのだ。

ホイチョイプロダクションが「ディズニーランドは、子供のものではなく、デートに使うべきだ」と主張した本を出したのが1985年である。ホイチョイの馬場康夫は、ディズニーランドの楽しさを、男の子がバカにしてはいけないということを、繰り返し主張していた。

それが1987年には、大晦日に壊れるような混雑になっていたのだ。

クリスマスをめぐる騒動とパラレルである。

世界が、女の子の希望を優先したのである。80年代を通して、つねに女の子の希望が消費経済を誘導していった。そのひとつである。

1983年に一部の男の子たちが同調しはじめ、1985年に理念が叫ばれ、1987年には遅れまいと男の子が動き出した。

ディズニーランドの大晦日の入場券は、その後、前売り制になり、1992年には事前の申し込みによる抽選になった。

ちなみに2000年に応募してみたが、九十通出して、二通しか当たらなかった。九十通というのは、九十人の友人の名前で出したということである。九十人の友だちの名前を借りて、九十人の住所で往復ハガキを出し、九十人に当たったか落ちたかを確認したら、二通しか当たってなかったのである。それぐらいの倍率になっている。

女の子はお姫さまになった

女の子の好きなものが、世界を動かし始めたのだ。男の子はそれについていくしかない。80年代の12月の日本で、もっとも多く電飾を光らせていたのが東京ディズニーランドで、女の子はみんなそこへ行きたがったのだ。それで、やらせてくれるのなら、男の子はどこまでもついていく。1968年には学生運動をしているほうがやらせてくれそうだったから革命的理論を口にしていた。1987年にはロマンチックな世界だとやらせてくれそうだから、ディズニーランドへ行ったまでだ。どちらも目的は同じである。通る道がちがうだけだ。

80年代を通して女の子はお姫さまになっていく。

女の子が何かを欲しがれば、すぐに用意された。用意されたものは高度資本主義経済によって、より洗練され、より細分化され、多種多様な商品として市場にでまわった。そのあと「やがて欲しがるだろう」というものまで前もって用意され、欲しがっているのかどうかわからないものも用意してくれるようになった。すべて洗練され、細分化され、店頭に並べられた。

世界は自分が望んだように動いてくれるように見えた。若者の世界がどんどん広がり、若者の居場所が広がったように錯覚した。でも、本当は若者という分野が作り出され、欲望を刺激し、商品を並べ、金を巻き上げていくシステムが動きだしただけだったのだ。若者の居場所は、きれいできらびやかになったけれど、金のかかる場所になってしまった。

女の子の機嫌をうまくとらないと、相手にしてもらえなくなった。女の子は勝手にお姫さまにおさまってしまった。遊びの場の賭け金を、女の子が上げたのだ。場が高くなると、結局、ギャンブラー本人の首をしめるのだが、女の子はそんなことは気にしなかった。

女の子がつり上げた賭け金は、90年代になって、まわりまわって性商品をオープンにしてしまう。隠微な性、隠された性は値がつけにくいので、パッケージされて明るくわかりやすい性の取り引きが主流になるのだ。商品化される性は、ほとんどの場合女性なので、おじさんは金を出してそれを買うようになる。金がない若い男はわりを食う。90年代は女の性商品がオープンになり、若い男は性に対して二極化してゆく。二極化というのは、『ただでできる男』と『ただでできない男』の差が、とても大きく広がっていく」ってことである。

すべて80年代に用意されて、90年代に徹底的に広がっていった。

朝の連ドラと社会党の凋落

女性が賭け金を上げていくあいだ、朝の連続テレビ小説の数字が下がっていった。

朝の連続テレビ小説は、女のドラマである。女性の半生を描くドラマだ。

連続テレビ小説のピークは「おしん」である。

1983年のドラマだ。いろんなものが1983年に始まっている。

「おしん」の平均視聴率は52％だった。三百回以上放送されるドラマの平均視聴率が52％というのは、めちゃくちゃである。テレビを見る習慣のある全員の日本人が見ていたのだ。日本人がそろって見た最後のドラマだということだ。テレビを珍しがっていた人たちがテレビの前にいた最後の時代である。

「おしん」は明治大正昭和と苦労して成功した女性の物語である。ただ当時すでに「おしん」は現代の話ではなかった。現代にはつながっているけど、1983年はすでに豊かな未来の予感に包まれていたのである。おしんの時代とつながっているし、おしんと同じ貧乏だった人もまわりにいっぱいいたが、もうそろそろ次のレンジに上がってもいいんじゃないか、とみんながいっせいにおもい始めていたのである。

おしん自体が、ドラマの後半では成功者になっていた。おしんは、スーパーの経営者として成功していたのだ。みんな、貧乏はやがて報われる、というドラマツルギーを熱狂的に受け入れていたのである。ただの貧乏が好きなわけじゃない。「あとで報われる貧乏」が好きなだけである。

1983年に「おしん」でピークを迎えた連続テレビ小説は、その後、どんどん視聴率が落ちていく。

1986年の「はね駒」を最後に、平均視聴率が40%を越えることはなくなってしまい、1993年の「かりん」のあと30%越えがなくなり、1999年の「すずらん」を最後に25%を越えなくなり、2003年の「こころ」が20%を越えていた最後の作品である。

NHK朝の連続テレビ小説　年度別平均視聴率

年度	平均視聴率	ドラマ(4月開始)	ドラマ(9月開始)
1964年度	30.2%	うず潮	
1965年度	33.6%	たまゆら	
1966年度	45.8%	おはなはん	
1967年度	45.8%	旅路	
1968年度	44.9%	あしたこそ	
1969年度	37.8%	信子とおばあちゃん	
1970年度	37.9%	虹	
1971年度	47.4%	繭子ひとり	
1972年度	47.3%	藍より青く	
1973年度	46.1%	北の家族	
1974年度	47.2%	鳩子の海	
1975年度	39.9%	水色の時	おはようさん
1976年度	37.6%	雲のじゅうたん	火の国に
1977年度	37.8%	いちばん星	風見鶏
1978年度	39.5%	おていちゃん	わたしは海
1979年度	42.8%	マー姉ちゃん	鮎のうた
1980年度	39.1%	なっちゃんの写真館	虹を織る
1981年度	36.9%	まんさくの花	本日も晴天なり
1982年度	37.5%	ハイカラさん	よーいドン
1983年度	52.6%	おしん	
1984年度	39.6%	ロマンス	心はいつもラムネ色
1985年度	38.9%	澪つくし	いちばん太鼓
1986年度	40.5%	はね駒	都の風
1987年度	38.1%	チョッちゃん	はっさい先生
1988年度	38.9%	ノンちゃんの夢	純ちゃんの応援歌
1989年度	35.5%	青春家族	和っこの金メダル
1990年度	34.8%	凛凛と	京、ふたり
1991年度	29.1%	君の名は	
1992年度	37.7%	おんなは度胸	ひらり
1993年度	33.3%	ええにょぼ	かりん
1994年度	25.1%	ぴあの	春よ、来い(前)
1995年度	22.6%	春よ、来い(後)	走らんか！
1996年度	27.3%	ひまわり	ふたりっ子
1997年度	27.5%	あぐり	甘辛しゃん
1998年度	25.1%	天うらら	やんちゃくれ
1999年度	25.3%	すずらん	あすか
2000年度	22.3%	私の青空	オードリー
2001年度	22.4%	ちゅらさん	ほんまもん
2002年度	22.0%	さくら	まんてん
2003年度	20.1%	こころ	てるてる家族
2004年度	16.6%	天花	わかば
2005年度	17.1%	ファイト	風のハルカ

ざっくり大雑把にまとめてみるとこうなる。

1984年から1986年まで……40%
1986年から1989年まで……38%
1989年から1993年まで……34%
1994年から1999年まで……25%
1999年から2003年まで……22%
2003年以降2005年まで……17%

凋落《ちょうらく》、という言葉の見本のようだ。

社会党の議席数と似たような落ち込みぐあいである。

連続テレビ小説が描いているのは、女の半生である。

視聴率が高かった時代、何を見ていたかというと、戦争の苦労である。大東亜戦争が始まって、戦争に負けて、戦後苦労するが、最後には報われるという物語を見ていたのである。主人公の職業はさまざまだけど、みんな、戦争に巻き込まれる。だから似たようなストーリーになる。戦前のつかのまの幸せ、戦争の恐怖、戦後の苦労、そのあとの幸せ。単

NHK朝の連続テレビ小説の平均視聴率の推移

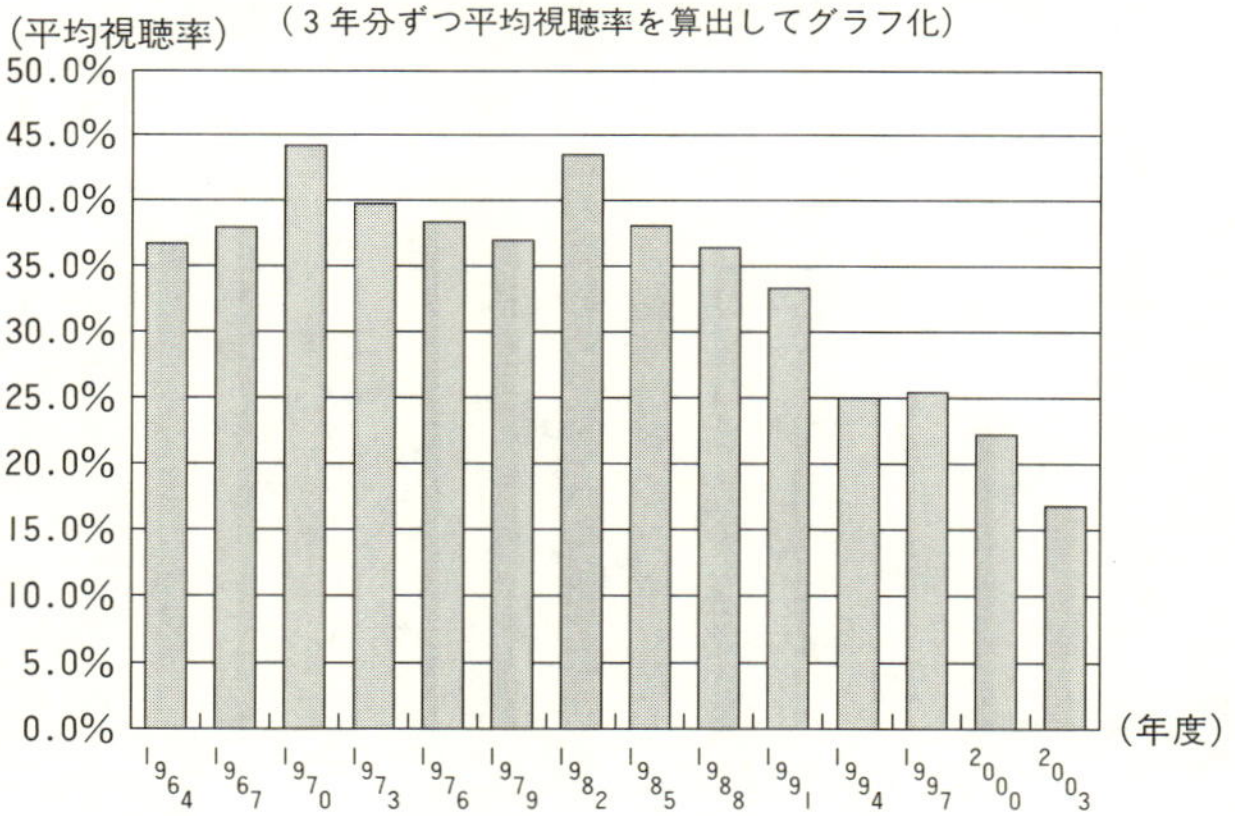

（3年分ずつ平均視聴率を算出してグラフ化）

純明快なストーリーである。しかも見てる人たちも経験していたドラマだ。確認するために見ていたのだ。主人公が戦争中に死んでしまって終わり、という物語はドラマにはならない。主人公は戦争を生き延びる。視聴者も、戦争を生き延びた人たちだ。戦争中に死んだ人は主人公にならないし、戦争中に死んだ人はテレビドラマを見られない。

ただ戦争の描かれかたは変わっていった。1960年代はまだ、戦争は災害のように描かれていたが、80年代から90年代になると、「いけないこと」として描かれた。戦争はいけないから避けるべきだというのが当然のことのように扱われ、主人公とその周辺は「この戦争は間違った戦争だ。止めなければいけない」と考えだす。口に出したりする。

不思議なドラマである。主人公は戦後の日本がどうなるかを察知していて、その視点から戦争を眺めているのだ。一種のタイムスリップドラマである。あきらかにSFだ。SFならSFらしい演出をすればいいのに、SFであることは伏せられていた。不思議だった。

連続テレビ小説の視聴率が決定的に落ちるのは、戦争を描かなくなってからである。そのかわり、主人公の女性にいろんな無理な職業に就かせて、社会と戦わせて、共感を得られなくなり、どんどん落ちていった。社会党の凋落と同じである。

社会党という政党がかつてあった。その後、自民党と連立して消滅した。名前を変え、世間から隠れるように社民党として存在している。もちろん隠れてはいない。実在している。ただ、社会党をかつて支持した人の意識の中から消されただけである。

社会党は「この前の戦争みたいな体験はもういやだ」ということのみ主張していた政党だった。日本をどういう国にしたい、という考えより「もう、あんな戦争はいやだ」という一点だけを強く主張していた。幻のような政党だった。日本人の多くが戦争を生々しく記憶してる時代は一定数の議席を占めていたが、戦後生まれが多くなるにつれ、国会から退いていった。

つまり朝の連続テレビ小説の視聴率の低下と、社会党の議席数の低下は、原因が同じなのだ。「戦争と戦後の復興」という劇的なドラマを体験した高揚感と一体感が国民から薄れたのだ。90年代に決定的に過去のものになった。だから一緒に落ちていったのだ。

連続テレビ小説の視聴率が高かった時代は、まだ男が元気だった時代である。オスらしさを前に出せばもてるという幻想を、まだ誰も叩き壊してなかった、古き良き時代である。でもラブホテルからいかがわしさがなくなり、観念的清潔さに満ちたディズニーランドがデート場所になり、クリスマスが恋人たちのものになると、オスくささは無用のものになって、そして連続テレビ小説は見られなくなったのだ。日本人がみんな一緒に体験できるイベントは1970年の大阪万博を最後になくなってしまった。集団で行動する必要がなくなれば、オスくさい男はいらなくなり、世界は女性の望むものを中心に動くのだ。

お茶と水が売られ始めた

おしんがスーパーの成功者として、熱狂的に日本人に受け入れられていたころ、コンビニが都心に進出してきた。

僕がコンビニエンスストアを初めて見たのは1980年のことだった。

高円寺に初めてセブンイレブンができたのだ。

銭湯の女湯の壁に「24時間営業のスーパー開店」と書いてあるのを、彼女が見つけてきた。男湯にはなかった。それで夜中に二人で出来たてのセブンイレブンに向かった。片道二十分かかった。往復で四十分だ。夜中にたどりついたが、別に買いたいものはなかった。ドライバーセットを買って帰ってきた。四十分かけて帰ってきて「便利になったなあ」と喜んだ。用事もないのに何回か通った。四十分かけても便利だとおもっていたのだ。それが１９８０年の高円寺の風景だった。

80年代に目に見えて普及して、日本人の生活を変えたものは、ビデオデッキとコンビニエンスストアだ。

70年代に発明され、80年代に一般化された。90年代に入るとビデオとコンビニなしには日本人はやっていけなくなった。そういう存在だ。

ビデオとコンビニは、いくつかの楽しみを個人所有のものに変え、集団で行動する原理を解体し、家族を解体し、家庭をばらしていった。そのおかげで、女性は家庭からも家族からも自由になっていったのだ。

コンビニエンスストアは徐々に増えていった。80年代の前半は、徐々にしか、増えなかった。中学一年生のカップルのようで、僕たちもコンビニもお互い相手に何を求めたらいいのか、何を提供したらいいのか、よくわかってなかったのだ。80年代の後半になって爆発的に増えていった。無駄な買い物を、みんなでおそるおそる始めたのだ。無駄な買い物をしてもバチが当たらないということに、気づき始めたのだ。

コンビニエンスストアが増えると、お茶と水が有料になった。

かつて日本では、水とお茶は売られてなかった。お茶っ葉は売られてるが、お茶に値段をつけてるところはなかった。お茶は、われわれ社会みんなの共有のもので、お互いに無料で出し合うものだったのだ。

街の自動販売機には、ジュースしか入ってなかった。おもいだすとすごく不思議な風景だ。高校時代、1973年の真夏、京都の町中を延々数キロにわたって歩いたことがあったが、喉が渇くと自動販売機でファンタかコーラかスプライトを買って飲むしかなかった。口の中が甘ったるくなってしかたなかった。1970年代、夏のさなかに数キロ歩く日本人は、すべて水筒をさげていたのである。水や茶は、自分たちで用意して運ぶか、共有施設のものを飲むかしかなかったのだ。

80年代に入って、水と茶が売られ始めた。女性が喜んだ。僕たち男性は、最初、あまり意味がわからなかった。仕事先で先輩の男性カメラマンが缶入りのお茶を渡されて「どうして茶に金を払わなきゃいけないんだよ」と吐き捨てるように言っていたのが、忘れられない。女子プロレスラーの取材をしていたときだから、1985年のことである。まだ1985年当時は、成人男子にとって、茶や水が有料であることが理解できなかったのだ。たぶん、いまよりもっと家庭が機能していて、家庭からいろんなものが産み出されていたんだとおもう。

80年代をとおして、僕たちは僕たちの共同体の抱いていた幻想をひとつずつバラバラにしてお金にしていったのだ。何だってバラバラにできるし、何だってお金になる。それがおもしろかったのだ。

僕たちがおもしろがってバラバラにしたあと、スーツを着たおとなたちがやってきて、それをすべて大掛かりな金儲けのラインに組み込んだ。もちろんそのラインによって、いろんな人が豊かになっていったのだとおもう。おそらくまわりまわって僕たちも豊かになっているんだろう。でも、いったんバラバラにしてしまったものは、社会に組み込まれてしまい、もう二度ともとのかたちに戻すことができなくなってしまったのだ。

そして、そのお金儲けのラインは、女の子が希望する方向にばかり延びていったのだ。女の子の希望方向ばかりに延びると、男の子が苦しくなり、まわりまわって女の子まで苦しくなってくる。僕たちはそういう90年代を迎えようとしていた。

第４章　１９８９年のサブカルチャー

大学生とマンガの関係

かつて、マンガが若者のものだった時代があった。

70年代のことだ。

少年のものとして誕生し、少年とともに成長し、やがて拡散し、社会共有のものとなってしまうマンガが、ある時期だけ、若者だけのものだったのだ。

マンガは若者の文化だった。

マンガをカルチャーとして大事に扱った若者たちが、日本のマンガを世界に通用させる原動力になった。でもマーケットが広がっていくにつれ、若者のものではなくなった。

マンガと若者は、1970年につきあい始め、1985年に疎遠になり、1989年に決定的に別れた。大雑把に言えばそういう感じである。

80年代、僕たちは先を急いでいたため、いろんなものを放り出していた。エンジンが故障して下降し始めた飛行機に乗り合わせたかのように、まわりにある面倒なものを次々と窓から外へ放り出していった。貧しい生活を放り出し、革命について語る夜を放り出し、静かなクリスマスを放り出し、回転ベッドが巻き起こす性欲を放り出した。そして、マンガも放り出してしまった。マンガ全部ではなく〝カルチャーとしてのマンガ〟を放り出したのだ。おとなたちがやってきて、商売になる部分だけを集めて再生し、あとは処理してくれた。そして、いろんなものが簡単に手に入る社会がやってきた。でも、何かを失った気がした。それが何かはわからなかった。

マンガと若者はどういう関係にあったのか。

大学生とマンガのかかわりについて、しらべた。

大学生とマンガの関係に関する資料なんか、存在しない。僕が勝手にしらべた。

僕は、早稲田大学の漫画研究会にいた。1979年から1984年まで在籍していた。大学の文化系サークルとしては伝統のあるところで、1950年代の半ばに創部され五十年ほど続いているサークルである。

有名漫画家がちょこちょこ出ている。園山俊二。福地泡介。東海林さだお。弘兼憲史。国友やすゆき。堀井雄二。やくみつる。けらえいこ。

名簿を何度か作った。創立以来のメンバー全員が載っている名簿である。そのときにみんなからコメントを取った。在学当時に流行していたもの、読んでいたマンガ、大学の状況、などを書いてもらい、時代順に並べた。五十学年にわたってコメントを並べると、ちょっとした戦後サブカルチャーの文化史のようになった。そんな簡単な文化史があるのかとおもわれるかもしれないが、あるのだ。たぶんひとつのサークルで創立以来の五十学年にわたって話を聞ける、という立場の人があまり日本にいないからだとおもう。それだけで一冊本が書けるはずだ。

五十学年にわたって聞いた質問の中に「漫画研究会部員だということは、まわりの大学生からどういう目で見られてましたか」という設問があった。この回答を見ていくと大学生とマンガの関係の歴史が見事に浮かび上がってきた。ここ五十年のサブカルチャー史でもある。

サブカルチャーというのは、この場合、若者が自分たちで発見した自分たちの文化だとおもったもの、という意味である。おとなたちがかかわってこない文化であること、が大事だった。マンガには、サブカルチャーの代表だった時期があった。

漫研はまわりからどう見られてきたか

「まわりの若者たちに、漫画研究会に所属してるってことでどうおもわれてたか」の証言を並べてみる。

創立当初は、マンガはまだ完全に子供のものだった。
●1957年の証言。「周りからはまったく認知されていなかった。部室もなく、学生会館のロビーの片隅で青くさい漫画論を戦わせて、周りの注目を集めようと必死でした」
●1958年の証言。「当時は漫画はガキのもの、というのが一般の認識で、『大学生になって漫画？』とうさん臭い目で見られていた」
●1960年の証言。「周りから明らかに変人、特殊な集団に思われていたけども何故か尊敬されてた」

でも、そのぶん内部は熱気に満ちていた。みんな意気軒昂だった。

60年代の後半、学生運動が盛んになるにつれ、マンガは大学生のものになり始める。
●1966年の証言。「他大学の漫画研究会からは『憧憬』、つきあっていたポン女の彼女からは『笑い者』、法学部の司法試験グループ連中からは『馬鹿』だと思われていた」

ちなみにこれは『課長島耕作』で有名になった弘兼憲史の証言である。
●1969年の証言。「白土三平など、当時の学生の共感を呼ぶ漫画が出てきたところで、表現の時代と一体感のある存在だった気がします。一目置かれたノンポリ集団というところでした」

若者から新しい文化をうみだすのだという熱気が、マンガのまわりを熱くしはじめていた。

70年代に入ると若者とマンガは密接する。

●1974年の証言。「漫画研究会というのは、周りから見ても、漫画が描ける人々の集まりという以上でも以下でもなかった気がします」

●1976年の証言。「漫研ですと自己紹介すると、だいたい、微笑み返しをされてました。楽しそうなサークルにいますね、といった感じの反応だったとおもいます」

●1978年の証言。「僕のころは、漫画を文化として論じる人たちとオタクな人たちがちょうど混在していた」

この時期だけ、漫画研究会が、あまり特異な存在ではなくなるのだ。大学生にとってマンガを読んだり描いたりするのは不思議なことではなくなり、また漫画研究会を特殊な人とはだれもおもわなかったのだ。五十年の歴史の中で「存在に無理がない」というこの時期がもっとも幸せそうに見える。

80年代の半ば、バブルが始まると、漫画研究会はネクラな連中として、若者らしくない集団とみなされる。

●1985年の証言。「ちょうどバブルが始まるころだったので、漫研にいると言うと、暗いやつだと思われていたようだった」
●1989年の証言。「入学した1989年の夏に、宮崎勤が逮捕され、一気に『オタクは危ない！』という風潮が広まった。漫研内でもオタク傾向の強いやつを蔑視する向きが出てきたが、世間から見れば、漫研こそオタクそのもので、世間の目が急速に冷たくなった気がした。翌年のサークル紹介誌でも漫研のことを『コワイもの見たさの人は、のぞいてみれば』などと書かれていて、悲しかった」
●同じく1989年証言。「ちょうど宮崎勤事件が起きたころだったので、絵の好きな同級生に『漫研に入らない？』とお誘いをかけると『えっ』とすごく引かれて、ショックでした。そんなんじゃないのに、とおもいました」
●1991年の証言。「漫研に入ることにした、と双子の弟二人に言ったら、声をそろえて同時に『うげ！　オタク！』とすげえいやな顔をされたことを覚えてます」
●1994年の証言。「雪深い田舎で公務員をやってるんだけど、大学時代に漫画研究会にいたことだけは、どうしても言えません」
●1997年の証言。「たまーに、話すネタがなくなったときに、ふと魔がさしたように、実は漫研にいて、と言うことがあるが、たいてい、何か小馬鹿にしたニュアンスの返りがあって腹が立つ」

●1999年の証言。「去年、東京に出てきた直後は、何もわかってなかったので、漫研に入ったってみんなに言ってたけど、いまは相手を選んで言ってます。ギャル系の友人には言わない。おしゃれフレンズにも言いません」

昭和が終わって手塚治虫が死んだ1989年、宮崎勤の事件を契機に、マンガの周辺にいる連中は明確に忌避され始める。90年代を通してその空気は変わらず、そのまま21世紀を迎えた。

〝戦後生まれの子供向け〟の商品

では、マンガはいつから若者のものになったのか。

日本のマンガが始まったのは、1947年の手塚治虫の『新宝島』からである。

1950年代には少年マンガがブームになる。ただ、まだ社会を巻き込むような力はなかった。主流は月刊少年雑誌だった。教養的要素の強い雑誌だ。それと関西系劇画家による貸本マンガだ。

この時代のマンガはあくまで少年のものである。少女のものでさえない。雑誌はかなりの部数を売っていた。でもそれで全部である。メディアミックスというものが存在しない当時、マンガのマーケットはおそろしく限定されていた。メディアミックスというのは、

早稲田大学漫画研究会の証言

●1957年入学「周りからはまったく認知されていなかった。部室もなく、学生会館のロビーの片隅で青くさい漫画論を戦わせて、周りの注目を集めようと必死でした」●1958年入学「当時は漫画はガキのもの、というのが一般の認識で、『大学生になって漫画？』とうさん臭い目で見られていた。でも学園祭での人気は圧倒的で、のちの漫画ブームを予感させるものがあった」●1960年入学「周りから明らかに変人、特殊な集団に思われていたけども何故か尊敬されてた」●1966年入学「他大学の漫画研究会からは『憧憬』、つきあってたポン女の彼女からは『笑い者』、法学部の司法試験グループ連中からは『馬鹿』だと思われていた」●1969年入学「白土三平など、当時の学生の共感を呼ぶ漫画が出てきたところで、表現の時代と一体感のある存在だった気がします。一目置かれたノンポリ集団というところでした」●1974年入学「漫画研究会というのは、周りから見ても、漫画が描ける人々の集まりという以上でも以下でもなかった気がします」●1976年入学「漫研ですと自己紹介すると、だいたい、微笑み返しをされてました。楽しそうなサークルにいますね、といった感じの反応だったとおもいます」●1976年入学「社会的にかなり浸透し、認知されたブランドでしたね。尊敬はされなかったけど、おもしろがってもらえた」●1978年入学「僕のころは、漫画を文化として論じる人たちとオタクな人たちがちょうど混在していた」●1981年入学「クラスの自己紹介で、漫研だといったら、まあ、なんておもしろい人！というような笑いが起きたな」●1981年入学「変わってるけど、才能がありそうな子たち、と周囲の大人からは見られてたようだ」●1982年入学「ちょうど『オタク』という言葉が使われだしたころだけど、おれたちに向かって言われた覚えはないな」●1984年入学「マンケンですといったら、ああ、マンドリン弾くのねと言われた。違うって」●1985年入学「ちょうどバブルが始まるころだったので、漫研にいると言うと、暗いやつだと思われていたようだった。漫研がマイナスイメージで見始められたころだったと思う」●1986年入学「就職活動のときに、サークルは？と聞かれて、漫画研究会です、と答えたら『……ユニークだねえ』と言われて、あまりいい評価はされてなかった」●1989年入学「入学した1989年の夏に、宮崎勤が逮捕され、一気に『オタクは危ない！』という風潮が広まった。漫研内でもオタク傾向の強いやつを蔑視する向きが出てきたが、世間からみれば、漫研こそオタクそのもので、世間の目が急速に冷たくなった気がした。翌年のサークル紹介誌でも漫研のことを『コワイもの見たさの人は、のぞいてみれば』などと書かれていて、悲しかった」●1989年入学「ちょうど宮崎勤事件が起きたころだったので、絵の好きな同級生に『漫研に入らない？』とお誘いをかけると『えっ』とすごく引かれて、ショックでした。そんなんじゃないのに、とおもいました」●1991年入学「漫研に入ることにした、と双子の弟二人に言ったら、声をそろえて同時に『うげ！オタク！』とすげえいやな顔をされたことを覚えてます」（ゆりえ）●1994年入学「雪深い田舎で公務員をやってるんだけど、大学時代に漫画研究会にいたことだけは、どうしても言えません」（公務員）●1997年入学「たまーに、話すネタがなくなったときに、ふと魔がさしたように、実は漫研にいて、ということがあるが、たいてい、何か小馬鹿にしたニュアンスの返りがあって腹が立つ」●1998年入学「文学部の友達には、だいたい漫研だと言います」●1999年入学「去年、東京に出てきた直後は、何もわかってなかったので、漫研に入ったってみんなに言ってたけど、いまは相手を選んで言ってます。ギャル系の友人には言わない。おしゃれフレンズにも言いません」

一つの話を違うメディアで使いまわすことだから、メディアの数が少ないと、まわしようがないのだ。そもそも、おとなにマンガを読む習慣がない。あくまで消費者が限定された商品だった。

つまり、マンガは〝戦後生まれの子供向け〟の商品でしかないのだ。

もちろん、戦前からマンガはあった。ただ、マンガを商品として大量に消費し始めるのは1947年から1949年に生まれた世代である。大東亜戦争大敗戦の直後の出産ブームで生まれた世代だ。国が滅びようとした直後だから、過剰に人が生まれたのだ。

この世代が成長するにつれ、マンガのターゲットがどんどんと高く広くなっていった。彼らを先頭として、その下の世代がそろってマンガを読み続けたのである。マンガのブームを大雑把に言ってしまえば、そういうことになる。彼らがある年齢に達するごとに、マンガがいろんな変化をしてきたのだ。

1955年ごろ、早稲田大学に漫画研究会が出来たころ、マンガを読む大学生は少なかった。大学進学率が8%だった時代である。大学生は学生服を着て、校歌を歌って、勉強して、きちんと卒業して、きちんと就職するものだったのだ。その時代、大学生はあまりマンガを読まない。

「お袋が近所のおばさんに『最近は大学生のくせにマンガを読んでる人がいるんですすっ

て。えっ、お宅のお子さんは読むだけじゃなくて、描いてまでいるんですか。そこまでおかしくなってんですか。まあ。大学まで行って何をしてるんでしょうねえ。お宅も大変ですよねえ』と言われたらしい」という証言がある。これが1960年ごろだ。

その時代の漫画研究会は、だからこそ「奇を衒《てら》う」団体であり、一種のバンカラだったのだ。「諸君はマンガ、マンガ、と馬鹿にしてるだろうが、マンガは何も子供たちだけのものではない。マンガは、崇高で芸術でナンセンスだからこそ、我々大学生が研究するに値するのだ」と、強く訴えたかったようだ。漫研の連中は内向的だから、実際には口にしなかったが、そういう熱い気持ちを抱いて活動していたのである。

「マンガはガキのものだとみんなおもってたので、大学生になってまでマンガかよ、というのが周りの目でした。ただ、早稲田祭での『漫画展』は圧倒的な人気で、ブーム到来を予感させるものがありました」という1960年の証言もある。世間からは白眼視されてるからこそ、逆に燃え上がっていたのだ。

若者の表現方法の一つとして

1959年3月に、週刊少年サンデーと週刊少年マガジンが創刊される。戦争直後に生まれた世代、ベビーブーマーたちが10歳から12歳になろうとしていた。その世代をターゲットにした週刊誌である。創刊当初の二誌は、ニュースやスポーツ記事も載せた「少年向け総合雑誌」だった。マンガに割かれたページ数は半分もいっていない。だが、毎週読めるマンガが載っているということで、大人気となった。この雑誌によって、マンガ状況が変わっていく。小学校高学年がターゲットの雑誌だった。それが、やがてもっと年上の人たちに読まれだすのだ。

創刊七年めの1965年、「京大生がよく読む週刊誌」の第四位に少年サンデーがランキングされた。といっても学生新聞が学生におこなったアンケートだから頭から信用してもしかたがない。つまり露悪的にわざと上位に入れた学生が多そうだからだ。ただ「大学生が少年向けマンガ雑誌を読む」ことが珍しくなくなってきたのは確かである。

大学生はふつうにマンガを読むようになった。また、大学生が楽しめるマンガが少年サンデーに掲載されていた、ということでもある。さすがに『アンパンマン』と『クレヨンしんちゃん』しか載ってなければ、毎週、大学生が買うわけがない。細かく言うと、劇画が若者をとらえはじめたのである。

1950年代半ばから、一部奇特な若者の支持を受けていたマンガは、1960年代に入り、「若者の表現方法の一つである」と考えられるようになる。つまり、若者たちが、これは僕たちのものである、と認めだしたのだ。

1960年から1970年にかけて、若者がいろんなカルチャーを自分たちのものと、そうでないものに分けていった。学生運動が盛んになり、ビートルズが進化を続け、チェ・ゲバラが日記を書き、ベトナム戦争が混迷をきわめていった時代だ。若者は、ひとつひとつ、これは僕たちのもの、これはあっちのもの、と分けていったのだ。ビートルズとローリングストーンズとザ・フーはこっちのもので、フランク・シナトラはあっちのものだった。ケネディはこっちで、ジョンソンとニクソンはあっちだった。庄司薫と柴田翔がこっちで、三島由紀夫と松本清張はあっちだ。

マンガは、この時期に、こっちのものになった。

少年マガジンが劇画路線をとって成功し、創刊された少年ジャンプが『ハレンチ学園』で人気を博した時代だ。少年マガジンは『巨人の星』と『あしたのジョー』の人気で空前の百万部雑誌となった。大学生たちが、少年マガジンをむさぼり読んだのである。

同時に「ガロ」「COM」という雑誌が創刊された。

ガロは白土三平のカムイ伝のための雑誌で、COMは手塚治虫の火の鳥のための雑誌だった。『カムイ伝』は特に大学生に人気があり、これを読めば、階級闘争が理解でき、マルクス主義がわかる、とまで言われていた。残念ながら、事実ではない。カムイ伝を読んだぐらいではマルクス主義はわからない。エンゲルスもレーニンもわからない。たまたま当時の大学生が、白土三平もマルクス主義もどちらも好きだったというだけだ。そんなことで理解されていては、カール・マルクスもたまらないだろう。

ただ、学生運動も白土三平も、どちらにもあまり興味ない人からは、そういう誤解を受けるくらい、大学生とマンガの関係が密接に見えたのだ。上の世代から見れば大学生とマンガという取り合わせはまだ珍しく、だからそういう取り上げられかたをしただけである。

鉄腕アトムと巨人の星

青年向けのマンガ雑誌も創刊され始めた。

1967年、漫画アクション。ヤングコミック。

1968年、ビッグコミック。

戦後ベビーブーマー世代が、18歳から22歳になろうとしていたころだ。

少年マガジンも、対象年齢層を高校生から大学生までを含めるものになってくる。

マンガが社会を巻き込み始めたのだ。

巻き込み始めた一点をどこか決めるとすると、それは『巨人の星』のアニメが放映されたときからだ。1968年である。マンガが子供だけのものでなくなった。おとながみんな楽しむようになったわけではないが、でも無視できなくなった。マンガ表現によって、多くの人を動かすことが可能な時代に入ったのだ。

ちなみに、戦後マンガ史をざっくり見てみて、社会にマンガを認めさせるエポックになっている作品は、手塚治虫の『新宝島』を別とすると（この作品からすべての日本のマンガが始まったと言われている）、「日本中の子供をマンガに熱中させだした手塚治虫の『鉄腕アトム』」と「劇画はおとなでも十分楽しめるのだと日本中に知らしめた梶原一騎の『巨人の星』」の二つになる。この二作品の社会に及ぼした力は、他に類を見ない。雑誌に連載され熱狂的に支持されたのち、テレビアニメという巨大なメディアを通じて日本中にマンガのおもしろさを浸透させた。メディアミックスの走りである。このあと、社会に大きな影響を及ぼすマンガとなると宮崎駿の映画にまで飛んでしまう（日本アニメは世界中を巻き込む力がある、とおもわせた）。

テレビアニメ『宇宙戦艦ヤマト』が後世に影響を与えた力は大きいが、それは、つげ義春や萩尾望都、大友克洋、鳥山明らと同じくマンガ歴史上での巨人であって（つまりマンガを次のタームに発展させる力の強かった作家たちであって）、マンガを読んだことのない人たちにマンガの底力を知らしめたのは、鉄腕アトムの10万馬力と、星飛雄馬の大リーグボールの二つである。

「明日のジョー」と「あしたのジョー」のあいだ

1960年代の後半、漫画研究会は周りからどうおもわれていたかというと、どうもおもわれていなかった。この時代の大学生は、政治に関心があるふりをすることで、ずいぶん忙しかったのだ。

漫画研究会の歴史でも1968年から1970年に空白がある。五十学年にわたって証言をとっても、この周辺が空白になる。当時の大学生たちが、ずいぶん無理をしていたことがわかる。漫画研究会というかなり非政治的ノンポリティックスな集団でさえも、学生運動の嵐に巻き込まれていたのだ。

1968年から1969年にかけての学生運動の記事を読んでいると、彼らが本当は何をしたかったのか、よくわからなくなる。政治的主張は、それはアタマではわかる。でもアタマでわかったことだけで、あれだけの人が動くわけがない。何かの衝動が彼らを動かしていたはずだ。

それはたとえば「都市の中心部を空白地帯にしたい」というような衝動である。たぶん彼らは都市の何かを破壊したかったのではないか。だったら、都会にでてこないで田舎にいたらいいのにとおもうが、そういうわけにもいかないのだろう。時代には時代の空気があるし、人には人の事情がある。三十五年の時を越えて、昔の若者に苦言を呈しても始まらない。

1970年3月、日本史上初の航空機乗っ取り事件が起こる。よど号ハイジャックだ。共産主義者同盟赤軍派の田宮高麿らが起こした犯行である。

「前段階武装蜂起⇅世界革命戦争万歳！
共産主義者同盟赤軍派万歳！

そして最後に確認しよう。
我々は〝明日のジョー〟である」

こういう声明文を残し、彼らは日本航空よど号をハイジャックして北朝鮮に渡り、田宮は二度と日本には戻ってこなかった。

この声明文はもう少し長いのだが、田宮のこの最後の一節は有名になった。

「我々は明日のジョーである」

革命家がマンガ作品を声明文に載せたのだ。話題になった。

ただ「明日のジョー」だ。表記が間違ってる。正しくは『あしたのジョー』だ。田宮らの世代にとっては、明日のジョーでもあしたのジョーでもよかったのだろうが、世界同時革命に参加できなかった世代から見れば、そこんところはきっちりと書いて欲しかった。

彼らは、自分たちの上の世代しか見てなかった。全共闘世代が戦っていた相手は、自分たちより上の「大東亜戦争を体験した世代」である。彼らは戦争というビッグイベントに参加できなかった引け目から、自分たちのイベントを作り出したかったのだ。全共闘世代がマンガなんか絶対に読まない世代に向けて、このメッセージを発したのだ。だから、明日でもあしたでも、一緒だったのだ。細かいことにかまっていられない時代だった。細かいことを気にしない政治の季節のあと、あしたのジョーと明日のジョーをきちんと区別する季節がやってくる。

ちなみに全共闘世代は、『あしたのジョー』が大好きで、『巨人の星』が嫌いである。だからハイジャック犯たちは、自分たちをジョーになぞらえたのだろうが、残念ながら、彼らはジョーではなかった。僕から見ると、彼らは『巨人の星』そのものである。『巨人の星』の星飛雄馬は1950年生まれで、戦争に行った旧世代の父一徹に鍛えられ、やがて父に反抗し、自分勝手でわがままな理屈で父を敵とみなして倒そうとするのだ。まさに、全共闘の行動そのものである。彼らも実はうっすらとそのことに気づいていたんだとおもう。だからこそ、あえて『巨人の星』を無視し、自分たちを矢吹丈になぞらえたのだ。そう考えると、ちょっと微笑ましくもある。

サブカルチャーの時代

赤軍派が暴走を始めるころ、大学生はあっという間に政治活動から離れていく。もともと、かっこいいし、もてそうだから政治的な発言をしていたまでで、それが終わってしまえば、別のスタイルでいくだけである。

1970年代はサブカルチャーの時代だった。

60年代に、自分たちの文化だとおもったカルチャーを、70年代に深めていく。マンガはまさに、大学生が論ずるに足るものになった。文学も、演劇も、それからマンガも同じレベルで論じられた。大学内で漫画研究会が、さほど特殊なサークルでなくなったのである。マンガを論じることが、文化的でもあったのだ。

70年代の最後の年1979年に僕は入部した。よくわからない熱気にあふれていた。70年代的少しインテリな雰囲気と、80年代的とにかく楽しいことがいいという雰囲気がちょうど入り混じっていた。西洋の文化と東洋の文化が入り混じったアレクサンドリアがつねに活気にあふれていたように、1979年の漫画研究会は元気だった。

マンガという表現に大学生が一番可能性を感じていた時代だった。

重厚を捨て、時代はポップについた

その元気は80年代の「軽く、楽しく」という流れに乗り始める。

80年代前半、文化的な活動をしていることが、ポップだった。文学も評論も哲学も、重厚で、ポップだった。文化が大衆的なものを読解しはじめていた。重厚な思考でポップなものを分析するのが、流行りはじめていた。ニューアカデミズムという言葉が魅力的に若者をとらえだした。「遊びつづける知」というフレーズが標榜《ひょうぼう》された。よくわからないが楽しそうなので、若者が群がった。少しだけだが、でも群がった。

ただ、「重厚でポップ」という無理がずっと続くわけがない。

1983年にいろんなものが変わり始め、1985年に地層ごと動き出す。

重厚を捨て、時代はポップについた。つまり、考えるのをやめて、踊り出したのだ。ニューアカデミズムという言葉を最後に、大学生は学問を手放した。哲学や文学を自分たちの庭から掃きだしてしまい、二度と手に取らなくなった。知的であることと、若者として魅力があることが、きれいに分けられてしまったのだ。

マンガも重い部分は捨てられ、軽い部分だけ受け入れられた。つまり「マンガを読む」という消費のみ受け入れ、「マンガを描く」という面倒な部分は見ないようになった。早い話「趣味でマンガを描くなんて、暗い」と断じられてしまうのだ。

80年代を通して、すべての商品は、表面をブラッシュアップされ、きれいにコーティングして、クリーンなイメージで包んで、売られるようになる。

若者の生活スタイルも同じだ。四畳半フォークソング的世界を脱し、サーフ&スノーの松任谷由実の世界をめざした。

「内にこもるな。外に出でよ。仲間と遊べ」

80年代を通じて、若者の頭の上で叫ばれ続けたスローガンである。1930年代のソビエト人民の頭の上で「五年で鉄鋼の生産量を四倍に増やせ」と叫ばれ続けたスローガンのような強制力があった。ソビエト人民がスターリンを恐れたように、僕たちも排除されることを恐れて、必死で外へ遊びに出た。アルバイトして稼いで、無理して遊んだ。みんなで懸命にサーフ&スノー世界をめざしたのである。

そんな時代、マンガを描いてるのは、自己完結的で、反動的だった。

若者によって世界は明と暗に分けられた。ゾロアスター教と同じだ。世界史の教科書によると、ゾロアスター教では、世界は「善の創造神アフラ＝マズダ」と「悪の破壊神アーリマン」に分けられていた。80年代の日本では、世界は「善なるネアカ」と「悪なるネクラ」に分けられた。ネアカだとおもわれるためには、外に出て遊ばなければいけなかったのだ。オールラウンドな活動が好まれた。オールラウンドとは、冬はスキー、春はテニス、夏はサーフィンをやることである。スポーツよりも男女一緒に活動することを目的とするのが、正しいオールラウンドだ。

漫研的な学生が、ふたたび若者と乖離《かいり》しはじめた。乖離というのは、離ればなれになることをむずかしく言っただけだ。時代と離れはじめたのである。

かつて、60年代の若者は一枚岩で、上の世代に向かっていきさえすればよかったのだが、80年代では、若者の中で自分がどの位置をとってるかを確認しなければいけなくなった。簡単に言ってしまえば60年代の若者は全員貧乏だったが、80年代には貧乏なままの者と、貧乏から抜け出そうとしてる連中がいたということだ。抜け出そうとしてる連中が、貧乏にとどまってる連中を揶揄《やゆ》しはじめたのである。金が入って時間があまると、人間、ろくなことをはじめない。おそろしく安い貴族のようである。

おたくの出現

マンガが若者に浸透していくにつれ、マンガの消費に変化が出てきた。

一方向に流れるように消費するだけではなく、マンガを蓄積するようになった。具体的にマンガを収集したり、アニメをビデオに録って残したりという行動もさすが、もっと深く精神的な部分で、マンガを蓄積しはじめた。つまり、完結して、過去のものになったマンガ世界を離れず、その世界にとどまりたい、と想像しはじめたのだ。これはマンガを読んだ多くの子供がやってることだ。ただ、子供は忙しいので、想像世界にずっととどまっていられないが、思春期以降、想像世界にとどまろうと決意すれば、いつまでもとどまっていられる。

それが、おたく、である。

マンガおたくとは、簡単に言ってしまえば、マンガ世界を手放さず、自分の中にため込む人たちのことである。「マンガ世界にとどまろうとする人」である。

おたくという言葉は、1983年に生まれた。中森明夫が漫画ブリッコという雑誌で命名した言葉である。マンガ世界にとどまろうとしている連中が、お互いのことを「おたくは……」と呼び合ったところからつけられた。他人と微妙な距離をとる彼らをうまく言い表している言葉だとして、すぐに広まっていった。

そもそもの出現は1970年代の半ばにある。

ひとつは、少女マンガだ。ベビーブーマー世代の少女マンガ家には、萩尾望都、竹宮恵子、大島弓子らをはじめとした「昭和24年組」と呼ばれる突出した一団がいる。彼女たちは、マンガの中心に「主人公の気持ちと気分」を持ち込んだ。「気持ちと気分」を軸にお話が進んでゆくのだ。これは画期的なことだった。

彼女たちのマンガは当然、女子に支持されたが、マンガ好きの一部の男子にも熱狂的に支えられた。

1970年代の半ば、「男なのに少女マンガを読む」という少し倒錯した行為に興奮した連中は、その世界にとどまろうとする。自分たちだけが、その世界を理解できてるのだと信じ、自分の発見に興奮して、その世界にいつづけようとしたのだ。

少女マンガ系のおたくの誕生である。

この倒錯感覚が、コスチュームプレイへとつながっていく。コスチュームプレイは、いまのアキハバラ空間への第一歩である。

当然、早稲田大学漫画研究会にもそういう一派がいた。

僕が入部した1979年当時、主流派から白眼視されながらも、女子部員を取り込むことによって漫研内に一定の地位を確保して、「少女マンガおたく一派」が存在した。

もうひとつはアニメである。これは「宇宙戦艦ヤマト」からだ。

1974年から75年にかけて放映された。最初の放映時の視聴率は低かったが、放映終了後、話題になり、再放送ののち映画化され、主題歌が大ヒットした。

葬式で参列者が次々とカラオケを歌うというふしぎな新作落語『涙をこらえてカラオケを』は、2005年に春風亭小朝がよく演じていたが、この落語の最後に歌われるのは宇宙戦艦ヤマトの替え歌である。生まれ故郷はトヤマ。朗々と小朝が歌い上げるのを聞くとときどき眩暈《めまい》がしたが、三十年たっても落語のサゲに使われるほどの大ヒット曲だったのだ。

当然、ヤマト世界にとどまる者たちが続出する。そこから「エヴァンゲリオン」に続いていくアニメ系譜が始まるのだが、この「アニメおたく」も漫画研究会になだれこんできた。ちなみに、いまでこそ、少女マンガ研究、アニメ研究、など大学内の漫研系サークルも多様化しているが、70年代はとりあえず漫画研究会しかなかったのである。そのコンスタンチノープル的混沌が、活気と元気を生みだしていたのだ。

少女マンガ系おたくは70年代半ばに発生し、アニメ系おたくは80年代に漫研に流入してきた。ただどちらも傍流だった。漫画研究会内では、あくまで「マンガはカルチャーである」という伝統派が強かった。おたく派がサークル内でふつうに受け入れられるのはずっとくだって2000年を越えてからである。

1980年代、世の中が「軽く、楽しく」「外に出てよ、仲間と遊べ」と動いてるときに、どんどんおたくが増えていった。若者の表層部分では、ネアカが猛威をふるっていたとき、ネクラな連中は居場所を求めてより深く静かに根の部分を広げていったのである。外からの要請によって、若者が二分化していったのだ。

「ここに十万人の宮崎勤がいます！」

1980年代の後半のバブル絶頂期は、二十年前の学園紛争の時代と似て、とにかく学生はみんな落ち着きがなかった。一部、突出した人たちが騒いでるだけで、多くの人たちは騒ぎの中心には入らなかった。しかし、騒ぎの気分に引っ張られ、端っこのほうで多くの人が参加していたのだ。それは1968年は政治活動騒ぎで、1988年では狂ったような消費活動騒ぎだった。

漫画研究会がまわりからどうおもわれてたかというと、1968年も1988年も同じである。どうもおもわれてなかった。みんな、刺激的な活動で忙しかったのだ。

しかし決定的な転機が1989年におとずれる。

宮崎勤事件だ。

宮崎勤事件以降、「おとなになってもマンガ周辺にとどまっている連中」は潜在的には性犯罪を犯す可能性があるとおもわれるようになった。めちゃくちゃである。

コミックマーケット、というマンガの同人誌の売買が行われるイベントがある。巨大な市場で十万人を越える人たちが集まる。宮崎勤事件の直後、そこにやってきたワイドショーのレポーターが「ここに十万人の宮崎勤がいます！」と叫んだのだ。落ち着いてもらいたい。つまり「ここにいる人たちは、すきあらば、幼女を誘拐して弄《もてあそ》び、殺して捨てる可能性がある！」と言ったことになる。いくら何でもそんなはずはない。落ち着いて考えればわかる。でも、誰も落ち着いていなかった。

それは、宮崎勤に対して、僕たちの社会が震えるほど怒っていたからである。

宮崎勤事件とは、どういう事件だったのか。

警視庁広域重要指定117号事件である。

この事件の大きなポイントは、異常な事件だったにもかかわらず、発生から犯人逮捕まで一年もかかったという長い事件時間にある。

1988年8月22日、埼玉県入間市で4歳の少女が行方不明になった。

その後、10月に一人、12月にも一人、行方不明になった。

12月9日に行方不明になった4歳の女の子は、六日後、全裸死体となって見つかる。死体発見の五日後、遺族宅に犯人からとおもえるハガキが届いた。

「かぜ　せき　のど　楽　死」と書かれていた。

世間は騒然としはじめる。

翌1989年2月になって、最初に行方不明になった女の子の家族宅に、骨と犯行声明文が送られた。今田勇子の名で、朝日新聞東京本社にも犯行声明文が送られた。子供を産めない中年女が、少女を手にかけたという内容だった。昭和天皇の崩御から一ヵ月、すべてのマスコミが全力で報道を始める。ワイドショーとニュース番組と新聞と週刊誌が、連日、犯人を推理しつづけた。声明文の中で、残り二つの誘拐事件は関係ないと犯人は書いていたので、その真偽もくりかえし取りざたされた。

その後のめだった動きはなく、5月、何かから逃げるように、ワイドショーは『一杯のかけそば』の大特集をおこなう。

三件の誘拐で、犯行は終わっているんだろうと何となくおもっていた6月、こんどは江東区東雲で5歳の女の子が行方不明になった。ふたたび犯人が動きだしたことに、社会全体が衝撃を受けた。行方不明から五日後、女の子の胴体の部分だけが、飯能市の霊園のトイレ脇に捨てられるように置かれていた。日本中が震撼した。犯人がわからないまま四人目の被害者が出て、しかも5歳の女の子の頭部と手足が切断されて放置されたのだ。

犯人は、あきらかに社会全体を揺るがそうとしている。みんながそうおもった。

それ以降、ニュースもワイドショーも雑誌も、犯人に対しての怒りを隠そうとしなかった。震えるように捜査を見守っていた。

8月11日、犯人が逮捕された。宮崎勤26歳。別の猥褻事件で捕まっていた彼が犯行を認め、供述にしたがって5歳の女の子の頭部が発見されたのだ。

予想されていた犯人像とまったくちがっていた。

鬼としか言いようのないこの男は、いったいどんな人物なのか、執拗な追及が始まる。

宮崎勤が住んでいた部屋にテレビカメラが入って映し出された。この映像によって、事件の衝撃はさらに深まった。

壁一面にビデオテープが並んでいたのだ。世間のどこかにいるだろうとおもわれていた「おたく」が、いままさに、幼女を誘拐し弄び、バラバラにして殺す悪鬼の姿をして現れたのである。しかも部屋の中にはおたく系のマンガ雑誌、ロリコン雑誌、エロ雑誌も積み重ねられていた。警察の捜索以前に、マスコミが家族の了承を得て、映し出したのだ。テレビクルーが、わかりやすい映像にするため、ロリコン雑誌を手前に積み重ね直した、と言われている。

日本史上、かつてない犯罪に対して、マスコミは「異常な収集者がおこなった異様な犯罪」とラベルを貼ったのである。そのまま「おたく系ビデオとおたく系漫画を収集して、部屋にこもってる男は、とても危ない」と話は飛躍していく。天皇の死の不安と社会状況の不安定さが、強いスケープゴートを求めたとしかおもえない。宮崎勤は昭和天皇が病床にあったときに犯罪を繰り返し、天皇が死んだあと、捕まえてもらうための犯罪を最後に犯している。

それ以降、マンガを消費しない連中、つまりマンガ世界をためこむおたくたちは、断罪される存在になった。

この１９８９年８月を境に、大学の漫画研究会部員を見る目がまったく変わってしまった。もう、誰も微笑んで見てくれなくなった。

悪夢のような80年代の出口

かつては若者の手にあった「マンガを語る」という文化は、１９８９年の夏にきれいに切り捨てられ、振り返られなくなった。もちろん宮崎勤事件だけのせいではない。もともとマンガが持っていた非社会的な部分が、宮崎事件をきっかけに世間に強く意識されだしただけである。マンガは、若者が熱狂的に支持する文化エリアからは、静かに排除されていった。

90年代になって漫画研究会に所属していることを、大学生は人に明かせなくなったのだ。

マンガと若者は１９６０年代に遭遇し、１９７０年代に可能性を見出し、１９８０年に深くつきあい、１９８５年に疎遠になり、１９８９年に決定的に離れ、１９９０年代は別のエリアで暮らすようになった。味気ない恋愛ドラマのようである。

この「若者とマンガの関係」は「日本社会が『若者』を発見して取り込んでいくさま」とまったく動きが同じだ。若者を経済システムの中に取り込み、より大きなマーケットに育て、日常化させる過程と同じなのだ。1950年代には若者は存在せず、60年代に意識されはじめ、70年代に動きが激しくなり、80年代に拡散し消費され、90年代はそのまま定着する。逃げられなくなった。

80年代に変わってしまった。

いまおもいだすと、80年代の入口、つまり1980年は、世界はもっと可能性に満ち満ちていた。まもなく豊かになるだろうと信じ、いろんな世界が待っているのだろうと簡単に考えていた。

80年代の出口、1989年は十年前には想像できないぐらい、贅沢に暮らしていた。ただ、贅沢をそのまま続けるしか選択肢が残っていなかった。贅沢の継続以外、僕たちに道は残されていなかった。金はどんどん使えるのだが、妙に息苦しくなり始めていた。欲望が僕たちを追い越してしまい、欲望の指し示す道を突き進むしかなかったのだ。

1990年代は、その「贅沢な気分」を手放す勇気のないまま過ごした。

そう考えると、1980年に入ったところと1989年に出てきたところがまっすぐつながってるようにおもえない。何か間違って、違う場所から出てきたようだ。振り返ると、悪夢のような出口である。１９８０年代のトンネルを無我夢中で抜けてるうちに、途中で大きく曲がってるのに気がつかなかったのだ。

70年代に若者が「自分たちのものだ」とおもったカルチャーは、80年代を通してゆっくりと分解されていった。マンガの無駄な部分を嫌い、おたくを切り捨てていった「若者に消費をすすめる社会」は、90年代には恋愛ドラマを売り出す。90年代は恋愛と携帯しか売られなかった。そして恋愛と携帯からは、何も生まれなかった。

第５章　１９９１年のラブストーリー

ホームドラマの衰退

１９９０年代は、消費の時代である。しかも停滞する消費の時代だった。80年代におもしろいものを見つけて遊んでいたら、90年代ににこにこおとながやってきて、きれいに取り上げていってしまったという感じだ。

80年代のバブルの天井知らずの成長は、人をどんどんと不安にさせていった。みんな冷静を装っていながら、そのじつ誰も落ち着いていない時代だった。

何をどうしたらよいかよくわからないまま90年代に入った。

景気の上昇に不安を感じ、バブルが日本の風景を変えていくことに不安を感じていた。もう少し変化のない時間を欲しがった。みんなで同時にそうおもったときに、バブルは終わった。90年代はその後始末に追われるようになった。

90年代はドラマの時代だった。

１９９０年1月には「１クールの連続ドラマ」は七つしかなかったが、１９９９年の10月には十六枠になっていった。90年代はひたすらドラマ枠が増えていった時代なのである。

月９ドラマが始まったのは１９８８年の１月だ。

フジテレビ月曜9時ドラマ。90年代を牽引していくドラマ枠である。最初は88年1月開始の『君の瞳をタイホする!』だった。平均視聴率17%。主演は浅野ゆう子と陣内孝則。

いまから見ると、さほどの視聴率ではない。「月曜9時」という枠が人気ドラマ枠として定着するのはもう少しあとだ。ただ、ドラマとしては成功した数字である。

ここから新しいドラマが始まった。

『君の瞳をタイホする!』の内容をひとことで言ってしまえば〝空虚なドラマ〟である。ドラマが空虚であることは、べつに悪いことでも何でもない。やっと、そのことに気づいた人がいたのだ。空虚なドラマは、当時トレンディドラマと呼ばれた。88年からトレンディが始まり、1990年代の空虚な時代を支えていった。

それ以前のドラマは家庭が舞台だった。ホームドラマだ。

もちろんホームドラマがリアルだったということではない。ホームドラマだって、都合のよい偶然と、不必要なすれ違いと、意味のない予定調和によって作られている。ドラマというのはそういうものだ。ただ〝家庭という舞台〟がリアルだった。1980年代、まだ都市化が進んでいない時代、人は誰かと一緒に住んでいるものだった。どこかの家庭に属してるのが、ごくふつうの人間だったのだ。だから家庭のドラマが作られていた。

テレビは一家に一台しかなく、お茶の間にあった。家族そろってテレビを見ていた。

その後、日本の家庭は、コンビニエンスストアと携帯電話によって、きれいに分解されていく。テレビも小さくなり安くなり、一人に一台ずつ割り当てられ、ドラマの舞台は家から外へと移っていった。

テレビをたくさん売るために家族を解体してしまい、テレビ局は家族のドラマを作っていられなくなったのだ。

恋愛中心に生きる

トレンディドラマの端緒は1986年の「男女7人夏物語」である。

明石家さんまと大竹しのぶのドラマだ。若い男女の恋愛ドラマだった。七人の男女が入り乱れて、恋が進行してゆく。そこには家庭がない。家の外ですべてが起こっていた。家庭からドラマが離脱しはじめた最初の作品である。

ただ「男女7人夏物語」の七人は、男3に対して女4である。

女が一人、余る。

フジテレビ恋愛観察バラエティ「あいのり」では、男四人女三人で旅をする。そのほうが物語を想像しやすい。最後は三組のカップルと一人の道化男が生まれる。道化男は旅に出る。わかりやすい。ただ、これは「女性はすべてお姫さまである」という前提がないと成り立たない話なのだ。男女7人夏物語の1986年の時点では、まだそういう国民的合意は得られてなかった。雑誌ポパイがクリスマス特集を始める前である。女性の完全お姫さま化が完了するまで、あと数年の歳月が必要だった。

1988年。

ドラマの主導権がTBSからフジテレビにうつり、ドラマの舞台が家庭からトレンディスポットにうつった。

1月の『君の瞳をタイホする！』のあと、夏に『抱きしめたい！』が放映された。浅野温子と浅野ゆう子が共演したドラマである。これがまさにトレンディドラマだった。ヘアメイクアーティストにスタイリスト、それに空間プロデューサーたちが、若くしてとても広い部屋に住み、楽しそうに仕事しながら、すてきな恋愛を繰り返していた。そんな生活ができるなら、誰だってしてみたかった。そうおもわせるドラマだったのだ。

ドラマの中心に恋愛が据えられた。

仕事より、生活より、家族関係より、恋愛を優先して生きていく。恋愛のなりゆきに、人生が左右される。オーケー。ドラマの作りかたとして、何もまちがっていない。

ただ、現実には無理だ。

ふつうに生きてる生身の人間が、まねようとしても無理である。父が近江に広大な荘園をもっているとか、兄が加賀の国守であるとか、そういう立場でないと、恋愛だけには生きられない。そういうことは、平安貴族か石田純一か浅野温子じゃないと不可能だったのだ。

ありそうな架空の世界が描かれた。恋愛中心に生きれば、熱しやすく空虚な生活になる。空虚で熱気がある、という状況ほど、人を動かしやすいものはない。ペテン師はみんな知ってることだ。1930年代、ヒットラーとその側近が、その熱気を利用して、ヨーロッパ全土をドイツ系アーリア民族の土地にしようとし、ある程度まで成功した。僕たちは「空虚で熱気がある状況」が大好きなのだ。

フジテレビが突然、ドラマで成功しはじめるのは、バラエティの手法をドラマに持ち込んだからである。1980年代、フジテレビは「軽く、楽しく」だけを考えてバラエティを制作し、勝ち続けた。そしてその「軽く、楽しく」のノリをドラマに注入し、成功したのだ。ドラマのバラエティ化である。ドラマのTBSが「リアリティ」に足をすくわれてるあいだ、「軽みと楽しさ」だけでドラマを作り続け、走り続けた。

赤名リカが変えたもの

だが、恋愛だけのドラマでは、世界は覆いきれなかった。

近江の荘園も武装新興集団に押収されるし、加賀の国にも一揆が起こる。京の宮中で雅びな生活を続けるにも限度があるのだ。豪華キャストでのぞんだ『恋のパラダイス』の視聴率が14％とおもわしくなく、ドラマ世界は方向転換してゆく。

恋愛ドラマ世界を変えたのは『東京ラブストーリー』の赤名リカである。

1991年のドラマだ。

鈴木保奈美が演じた赤名リカは、原作マンガでは、脇役である。常識はずれで、いつも織田裕二のカンチを困らせ、楽しい女性だが、迷惑な存在だった。マンガを読んでいるときは、有森也実のさとみとカンチが結ばれるのを、安心して眺めていた。

ドラマでは、リカが主人公だった。

リカは引かなかった。駆け引きをやらなかった。ひたすらカンチが好きだと言い続けた。

「24時間、好きだと言って」と叫んだ。セックスしよ、と女のほうから叫んだ。セックスするのはいいが、24時間好きだと言うのは無理だ。少なくとも僕は無理だ。でもそんな僕の個人的な感想とは関係なく、女性はみんなリカに共感していた。

ひたすらカンチが好きだと言い続けるが、最後は、古風なさとみにやぶれ、リカは静かに去ってゆく。

最終回の視聴率は32%だった。リカのひたむきな愛を支持したのだ。ひたむき、というのは、自分からは折れない、ということでもある。男に合わせる有森也実さとみ的人生を拒否し、自分を押し通す鈴木保奈美リカ的人生を選んだのである。

このドラマで月9ブランドが確立した。ドラマの時代が始まった。ここからドラマ枠が増えていき、90年代を通して増え続けるのである。

同時に恋愛のレートを上げてしまった。自分から折れないのだ。もともと、バブル時期に金銭的外面レートを上げていたのだが、この時期に、自分たちの価値と立っている位置を下げない宣言をしてしまった。

自分らしい生き方は譲らない。女性であることも手放さない。どちらもかなえてくれる相手でないと恋愛しない。

ずいぶんレートの高い賭場である。賭場馴れしてる男は、自分の持ち金を減らさず、金が浮けばすぐ離脱しようと中腰で参加する。賭場に馴れてない男はそもそも参加する勇気を持たない。厳しい賭場である。女性がレートを上げて、自分の首を絞めてしまった。

個の強すぎる時代がやってくる。個を強く主張すると、すべては内側に向き、頭の中で世界は完結してしまう。人は動かず、情報と金だけが動き始める。停滞する90年代が始まってしまった。

80年代の後半、バブルの時期は、まだ社会が動いていた。90年代に入ってすぐのころまで、まだ社会はダイナミックだった。つまり、がんばれば逆転可能だったのだ。

でも90年代に入り、動きがにぶくなり、ついにほとんど止まってしまう。

がんばれば逆転、の可能性がなくなって、もっともわりを食うのは若者である。

「こいつは見どころがある」程度のレベルでは、相手にしてもらえなくなった。可能性があるだけでは、誰も見守ってくれなくなったのだ。入試に遅れそうな大学受験生に対して、1980年代が持っていた寛容さは、どんどん姿を消している。若者を許しておいてやろう、というおとながいなくなってしまった。それは、戦後生まれの世代とそのあとの世代が、まったくおとなになろうとはせず、いつまでたっても自分たちが若者のつもりだからである。上の世代がおとなになって、おとなを演じてくれなければ、10代や20代の若者は、若者にさえなれないのだ。若者にとってつまらない時代がやってきた。若者がおとなな社会にとびこむには、札束で頬を叩き、ルールを無視して実績を作っていくライブドア的手法しか見出されなくなった。

若者がゆっくりと殺され始めたのだ。

〝本番女優〟の衝撃

90年代の恋愛ドラマは、バブル後の女性に対する処方箋だった。

80年代を通じて消費経済の主導権は女性にうつり、バブル時代に若い女性はもてはやされた。誰も落ち着いていなかった。それが90年代に入り急速に冷え込みだす。女性の主導は変わらないが、男がついてこなくなった。そのときに「トレンディドラマ＝恋愛物語」が女性の夢をつないでくれた。理想を捨てないでいい、と励ましてくれたのだ。それはあまり幸せな世界へとは直結してなかったのだが、ドラマを見て女性はがんばれたのである。

90年代の女性の処方箋が恋愛ドラマなら、男の処方箋はヘアヌードだった。身も蓋もない。でもそうだったから仕方がない。

愛染恭子という女優がいた。

1958年の2月9日生まれである。日曜日生まれだ。

曜日までわかるのは、僕と生年月日がまったく同じだからである。

ある世代にだけ、特別の感興を持ってその名を覚えられてる彼女は〝本番女優〟としてその名を残している。

本番女優。つまり、実際に性交し、それを撮影させた女優、ということだ。

1981年、愛染恭子が本番女優として登場してきたとき、日本中の若い男性が、驚いた。よくわからないが驚いた。そんなことが起こってる事態が理解できなかったのだ。若くてきれいな女性が、人前で性交する。それが信じられなかった。

1970年代、日本の女子高校生のほとんどが処女だった。僕たちはそう信じていた。あの子はすでに経験してると聞くと、みんなで走って見にいった。処女である高校生は、おいそれとやらせてくれない。もう経験した女は、頼めばやらせてくれるんじゃないだろうか、と真剣に話し合った。一度やっちゃった女は、もう何回やっても同じだから、僕たちでもやらせてくれるんじゃないかと考えていたのだ。ほんとうにそう考えていた。死んで一週間たったカバよりも頭が悪い。でも、そういう高校生だったから、しかたがない。

女性は聖性をまとっていた。

少なくとも、彼女たちがセックスをしたがるとはとてもおもえなかった。たぶん彼女たちもしたがってなかったとおもう。女性は、処女性を保ち、聖性を掲げ、その向こうに隠れるようにして商品価値を保っていた。

1980年代に入り、様相が変わってきた。

恋愛が女性主導になっていった。当然、いつまでも処女性を武器にしているわけにはいかなくなった。クリスマスにロマンチックさを抱かない男を女性サイドに引き入れるためには、聖性の向こうに潜んでいるわけにはいかなくなったのだ。どうせ、いつかやることなんだから、虚偽の聖性に隠れていてもしかたがないとおもったのである。

ちなみに虚偽の聖性というのは、あっさりいえば「結婚するまでは処女」ということである。性交相手は、結婚した相手一人だけですます、ということでもある。

愛染恭子が、映画の中で、本番を行ったのは1981年だ。時代が動き始める突端である。彼女が本番を行ったときいて、どうすればいいのかわからなかった。どうしようもないが、でも心穏やかではいられない。興奮はするが、興奮の持っていきどころがなかったのだ。何かが変わりつつあるのだとわかっただけである。

80年代の後半、アダルトビデオが世界を変え始める。

アダルトビデオが普及したのは、ビデオデッキが家庭に一台ずつ普及したからである。

1985年にはレンタルビデオ店が乱立した。おもいつきで開店したような店ばかりだった。すべて個人営業で、混乱したように建ち並び、不思議な品揃えの店ばかりだった。

1985年の風景でもっとも印象的なのは、親切なレンタルビデオ店には「VHSとベータ」の二種類が置かれていたことである。背の高いVHSと低いベータが、まるで夫婦茶碗のようにそろって置かれていた。だいたいVHSがレンタル中になって、ベータは残っていた。ベータは二人姉妹の不細工な妹のようだった。

80年代半ばのアダルト女優は、どこから湧き出てきたのかわからないような、不思議な面体の女性が多かった。「このあいだまでモグラだったけど気がつくと人間になってたの」と本人が言えば信じてしまうような女性ばかりだった。まだ、ブルーフィルムとアダルトビデオの区別が不分明だった。

90年代に入り、アダルト女優の質が劇的に向上した。なぜだかわからない。ある日とつぜん、きれいな女の子たちが、アダルトビデオに出るようになってくれたのだ。理由なんかはどうでもいい。そういう時代になったのだ。

当然、本番も増えていった。1981年には日本でただ一人、愛染恭子しかいなかった本番女優が、1991年には日に一人は本番をしていたはずだ。

宮沢りえのヘアヌード

樋口可南子がヘアヌード写真集を出したのは1991年だった。

有名女優のヘアヌードである。それまでは、日本の女性にヘアはなかった。生身の女性にはヘアはあったが、ヌード写真にヘアが写ってることはなかった。ヘアが写ってるかどうかというポイントで摘発が行われていたため、ヘアをそのまま出した写真集が書店で売られてることはなかったのだ。下着の下に透けさせる、という手法で、歓心を買っていた。

樋口可南子がヘアを出した。それ以降、ヘアヌードがあたりまえとなった。しかも有名女優があいついで脱ぎだした。

1991年11月13日、宮沢りえのヌード写真が新聞全面広告に載った。日本中を衝撃が走った。

トップアイドルである。掛け値なしに一番人気だったアイドルだ。その彼女がヘアヌード写真集を出したのだ。おそろしい時代になった。日本史上、空前の出来事だった。ある種の破壊行為でもあった。時代の何かがおかしかったのだろう。宮沢りえも、まともな状態じゃなかったんだとおもう。いくつもの手順や、序列を無視したヌードである。トップアイドルが人気絶頂期に脱ぐ、という意味がわからなかった。いまでもわからない。何かを壊したということしか、わからない。これ以降、地震でコンビニエンスストアの棚の商品が落ちるときのように、無秩序にヘアヌード写真集が出続けた。ヘアヌードの蕩尽である。ヘアヌード写真集へのわけのわからない熱狂と傾倒が続いた。

1991年の宮沢りえと、1997年の菅野美穂の二つの写真集が、90年代の入口と出口を象徴している。どちらの写真集も、発売前から売り切れてる状態だった。発売する前から売り切れているのだ。どうかしてる。

宮沢りえのヌード写真集出版は、想像以上の衝撃を僕たちに与えた。

90年代は、男性はヘアヌードに夢中になり、女性は恋愛ドラマを熱心に見続けた。人と人の距離が、それまでの時代と違ってきた。豊かさと機械のおかげである。携帯電話が普及して、あらゆるものがコンビニで間に合うようになっていった時代でもある。人が動かなくなり、動かなくても快適な空間を提供することに企業は躍起になり、そのままみんなを静かに内側にこもらせてしまった。社会のダイナミズムは、夕立のあとの虹のように、きれいに消えていってしまった。残ったのは、水たまりだけである。

わりを食ったのは若者だ。

性情報は増えたが、何でもない男はただではやらせてもらえなくなり、何でもない女は自分のどこを売ればいいかわからなくなった。

女性は、聖性に隠れることと、性的露出とを混ぜてしまい、うまく融合させないまま、外に漏れだささせてしまった。赤名リカが望んだ地平に到達したのだとおもう。でも、あまりみんなが幸せにはならなかった。赤名リカたちは、解放戦線として戦い続け、敵の防御最終ラインを突破したが、そのまま突き進み、解放運動とは無縁の存在になってしまった。横から見ていると、ただの破壊者にしか見えない。

携帯電話の登場

僕たちの社会がダイナミズムをなくしていく過程と、携帯電話が普及していく時期は、ちょうど重なっている。携帯のせいでダイナミックな社会が失われたわけではないが、リンクしているのは確かだ。携帯電話が出現して進化して、僕たちの生活は便利になった。でもけっして幸せにはならなかった。

携帯電話が広まったのは1997年からだ。バブル時代1980年代後半はもちろん、90年代の前半もまだ一般人は携帯を持っていなかった。

1995年1月の阪神大震災のおり、携帯電話が緊急連絡道具として、有効に機能した。それは使用者がとても少なかったからである。いま、大都市で同じ規模の災害が起こった場合「安否の問い合わせのために携帯電話は使わないでください」というアナウンスメントが、いやというほど流れるはずである。数万人がいっせいに災害に遭った場合、携帯電話はあきらかに機能しなくなる。

2002年の日韓ワールドカップの日本戦、さいたまでも横浜でも長居でも仙台でも、試合直後、携帯電話は一切通じなかった。数万人が同じ空間で同時に携帯を使おうとすると、まったくつながらず、あせってリダイヤルし続けるうちに、電池が切れてしまうのだ。

数万人が被災した場合、おそらく数百万人がそのエリアに電話をかけようとするから、まったくつながらなくなる。個が強すぎる。かつては家族数人で一台の電話をシェアしていたが、いまは個人と個人でしかアクセスしない。阪神大震災の時点より、連絡をとろうとするケースがおそろしく細分化されており、そのぶん、すべての人が連絡をとろうとすると、絶望的な状況になるとおもう。連絡とれるかどうかは、本人の運しだいである。携帯だけを持って災害に遭った場合、あせって連絡をとるよりも、電池の消耗を避けることを第一義に考えたほうがいい。

一台買うのに9万円

僕が携帯電話を買ったのは、1995年の初夏である。春に週刊文春の連載が始まった。取材に出ることも多いだろうとおもって買った。

9万円だった。

携帯電話一台買うのに9万円かかったのである。ふつうの電話の権利金とさほど変わらなかった。通話料金も高かった。まだまだバブルの残照という気配の道具だった。

携帯電話を買って十ヵ月後、1996年の春に携帯電話を落とした。

寿司屋で一人で飲んで、帰りゲームセンターに寄って、家に帰り着いたら、なかった。あせった。もちろん携帯電話に電話した。最初は呼び出し音が鳴っていたが、次から鳴らなくなった。とても不安だ。おそろしく悪用されてるのではないかとおもうと、居ても立ってもいられなかった。

あきらめて、翌日、ドコモへ出向いた。そうですか、見つかりませんでしたか、ではこちらになります。6万円です、と言われた。椅子ごとこけそうになった。

6万円。おかしい。一度9万円払ったのに、また6万円とろうってのは、歌舞伎町でもかなりディープなエリアでしか行われない勘定のしかただ。去年9万円払ってるから、もう携帯電話の権利を買っているし、この番号は僕のものでしょ、なのに6万円の追い銭はおかしいでしょう、と言うと、婉然と微笑まれ、携帯電話には、権利、という概念はございません、純粋に機械が6万円いたします、これでも今年になってずいぶん安くなりました、と言われ、また婉然と微笑まれた。あきらめた。父と子と精霊と仏陀と法華と阿弥陀を少しうらんで、あきらめて6万円払った。

それが1996年のことである。

1996年はまだ落とした携帯電話を買い直すのに6万円かかったのである。携帯電話の普及まで、まだ少し間があった。

月9ドラマの携帯の歴史

携帯電話が燎原の火のように広がっていったのは、1997年からである。1997年から1999年にミシシッピー河が全土にかけて決壊したかのように広がっていった。

バブルとその硝煙漂う時代には、まだ、携帯電話は、不動産屋とやくざの悪趣味なおもちゃにすぎなかったが、景気が悪くなってから一般人に広がっていったのである。

ドラマに出てくる携帯電話を調べてみた。フジテレビ月曜9時のドラマで調べた。うちにビデオがあるのは四作目1988年の『君が嘘をついた』からで、それ以降のドラマをほぼ全部見て調べたのだ。

トレンディドラマでは、携帯電話はどうあつかわれていたのか。

最初に携帯電話を使ったのは石田純一である。1989年1月の『君の瞳に恋してる!』で使っていた。ラジオディレクターの石田純一が、ヒロイン中山美穂のマンションの下までスポーツカーで乗りつけ、車載電話を外に持ち出してかける。マンションの部屋から中山美穂が見おろしている。巨大な携帯電話を持って中山美穂の部屋を見つめながら電話する石田純一中尉。

それが月9ドラマの携帯電話の歴史の始まりだ。

ただ、このときの携帯電話はおそろしく大きい。ベトナム戦争で使っていた無線電話と変わらない。巨大な受話器を持ってるだけで、ずいぶん男らしく見える。21世紀から見ると、質の悪い冗談のように見える。笑いのとれないコント道具みたいだ。巨大な電話は男のものだ。女性が恋愛に使うようなものじゃない。

そのあと1990年の『すてきな片想い』にも出てくるし1991年の『東京ラブストーリー』にも登場する。カンチとリカが巨大な携帯同士で連絡をとるシーンがあるのだ。でもそれは、納品に間に合わなくなりそうな商品をカンチがクルマで懸命に運び、会場で待ち受けるリカが必死で道を教えているところだ。この巨大な携帯では愛は語れない。非常時用の電話だ。個人で所有するものではない。会社が買って仕事にだけ使う特別な電話である。

個人所有だとおもわれる携帯は1994年1月の『この世の果て』で豊川悦司が持っている。1994年10月の『妹よ』の唐沢寿明も持っていた。ただどちらも、想像を超えたような大金持ちだ。個人で携帯電話を持つのは、大金持ちだけだったのだ。自家用ジェット機と同じレベルの商品である。いまから見ると、意味がわかりにくい。

ちなみに、学生のアルバイトにドラマをチェックさせたのだが、90年代前半の「巨大な

フジテレビ全「月9」ドラマ

No.	年　期	ドラマタイトル	平均視聴率	No.	年　期	ドラマタイトル	平均視聴率
1	1988年 1月	君の瞳をタイホする!	17.4%	38	1997年 4月	ひとつ屋根の下 2	26.7%
2	1988年 4月	教師びんびん物語	22.1%	39	1997年 7月	ビーチボーイズ	23.7%
3	1988年 7月	あそびにおいでヨ!	13.3%	40	1997年10月	ラブジェネレーション	30.7%
4	1988年10月	君が嘘をついた	17.3%	41	1998年 1月	DAYS	19.5%
5	1989年 1月	君の瞳に恋してる!	18.7%	42	1998年 4月	ブラザーズ	17.9%
6	1989年 4月	教師びんびん物語 2	26.0%	43	1998年 7月	ボーイハント	14.1%
7	1989年 7月	同級生	14.5%	44	1998年10月	じんべえ	15.9%
8	1989年10月	愛しあってるかい!	22.6%	45	1999年 1月	オーバータイム	20.2%
9	1990年 1月	世界で一番君が好き!	22.0%	46	1999年 4月	リップスティック	16.3%
10	1990年 4月	日本一のカッ飛び男	15.8%	47	1999年 7月	パーフェクトラブ!	17.0%
11	1990年 7月	キモチいい恋したい!	18.3%	48	1999年10月	氷の世界	18.9%
12	1990年10月	すてきな片想い	21.8%	49	2000年 1月	二千年の恋	16.2%
13	1991年 1月	東京ラブストーリー	22.9%	50	2000年 4月	天気予報の恋人	14.9%
14	1991年 4月	学校へ行こう!	17.3%	51	2000年 7月	バスストップ	16.9%
15	1991年 7月	101回目のプロポーズ	23.6%	52	2000年10月	やまとなでしこ	26.1%
16	1991年10月	逢いたい時にあなたはいない…	22.0%	53	2001年 1月	HERO	34.2%
17	1992年 1月	あなただけ見えない	16.3%	54	2001年 4月	ラブ・レボリューション	17.3%
18	1992年 4月	素顔のままで	26.4%	55	2001年 7月	できちゃった結婚	15.7%
19	1992年 7月	君のためにできること	16.9%	56	2001年10月	アンティーク〜西洋骨董洋菓子店〜	17.7%
20	1992年10月	二十歳の約束	16.5%	57	2002年 1月	人にやさしく	21.4%
21	1993年 1月	あの日に帰りたい	15.4%	58	2002年 4月	空から降る一億の星	22.3%
22	1993年 4月	ひとつ屋根の下	28.2%	59	2002年 7月	ランチの女王	18.9%
23	1993年 7月	じゃじゃ馬ならし	21.8%	60	2002年10月	ホーム＆アウェイ	13.7%
24	1993年10月	あすなろ白書	27.0%	61	2003年 1月	いつもふたりで	16.2%
25	1994年 1月	この世の果て	22.9%	62	2003年 4月	東京ラブ・シネマ	13.1%
26	1994年 4月	上を向いて歩こう!	15.5%	63	2003年 7月	僕だけのマドンナ	13.2%
27	1994年 7月	君といた夏	19.4%	64	2003年10月	ビギナー	15.8%
28	1994年10月	妹よ	24.6%	65	2004年 1月	プライド	24.9%
29	1995年 1月	FOR YOU	21.5%	66	2004年 4月	愛し君へ	16.9%
30	1995年 4月	僕らに愛を!	18.2%	67	2004年 7月	東京湾景	13.8%
31	1995年 7月	いつかまた逢える	20.6%	68	2004年10月	ラストクリスマス	21.5%
32	1995年10月	まだ恋は始まらない	18.8%	69	2005年 1月	不機嫌なジーン	14.2%
33	1996年 1月	ピュア	23.4%	70	2005年 4月	エンジン	22.4%
34	1996年 4月	ロングバケーション	29.2%	71	2005年 7月	スローダンス	16.9%
35	1996年 7月	翼をください!	13.6%	72	2005年10月	危険なアネキ	19.5%
36	1996年10月	おいしい関係	21.6%	73	2006年 1月	西遊記	23.2%
37	1997年 1月	バージンロード	21.1%	74	2006年 4月	トップキャスター	——

軍用のような携帯電話」を見ても、学生は携帯電話だとは認識できなかった。コードレスホンとの区別がつかないのだ。当時の携帯電話を実際に見ていないと、映像だけではわからないのだ。アルバイトが目星をつけ、僕があらためてコードレスなのか携帯なのかを判断した。彼らにとって、1991年の日本は別の国のようだった。

ポケベルと女子高生の性商品化

ドラマの中で、ふつうの人間が、ふつうに携帯を使いだすのは『いつかまた逢える』からである。1995年7月。福山雅治と椎名桔平が持っていた。二人は雑誌編集者である。携帯電話と携帯電話で話す、という画期的なシーンが登場したのもこのドラマからである。携帯と携帯が画期的、ということは、いまでは意味がわかりにくい。それまでは携帯電話を持ってる人は一つのドラマで一人しか登場しなかった。携帯を持ってる人物が三人も出てくると、現実離れしてしまう、ということだったのだ。1995年の夏に、携帯電話を持ってる人が二人以上出てくるドラマが、やっと始まったのである。

この『いつかまた逢える』のドラマのあいまに携帯電話のコマーシャルが流れていた。一台6万9800円だった。バイブ機能が目新しいらしく、すごく強調していた。

ただ、翌1996年の『ピュア』では、カメラマンの堤真一は携帯電話を持っておらず、ポケットベルを持たされていた。

ポケットベル。

携帯電話がまだ高価だった時代、若者に流行した通信ツールである。

1990年代の半ば、高校生を中心にポケットベルが大流行した。

『ポケベルが鳴らなくて』というドラマが作られたのは1993年である。裕木奈江が主演だった。そういえば、裕木奈江は東京ラブストーリー後に出てきたため、赤名リカ支持派の女性から総スカンをくらい、あっというまに消えていってしまった。

一時期、うちの大学生アルバイトもみんなポケベルを持っていた。

初期のポケベルは、数字しか表示されず、その数字でいろんなものを表現しようとした。

0810。これでオハヨウと読む。

724106。これは「ナニシテル」である。何してたっていいが、10をテ、6をルと読むところにすごく無理がある。6をルなんて、ただ訛《なま》ってるだけだ。

そういう涙ぐましい努力をしていたのである。無理な通信だった。

そのあとカタカナに変換してくれるポケベルが誕生して、広まった。一般電話からポケベルに短い文字文章を送った。

ただ1997年から携帯電話がいきなり安くなり、あっというまに消えていった。マンモスがシベリアの大地から消えたときのように、忽然と消えてしまった。

ポケベル時代は1993年から1997年まで。足かけ五年しかなかった。

ただ、このポケベルによって、個人通信が高校生レベルでも可能になった。同時に、それまで集団としてしか認識されてなかった女子高生が、個体として認知され始めた。ポケベルを使って、ソックスをルーズにしたら、注目され始めたのだ。個としての存在を主張したとたん、そこに性的雰囲気を嗅ぎ取った男たちが寄ってきたのである。わけがわからないまま、女子高生はおもしろがって挑発を始めた。最初は遊びだったのだが、やがて社会が動きだし、うまく取り込んでしまった。女子高生が性商品化されたのである。それはポケベルが売れ出したときからだ。そのまま十年たっても、ミニスカートをはいているかぎりは、彼女たちは僕たちの社会の性的商品の一環であり続ける。

若者の生活が絶望的に変化した

1996年『おいしい関係』で、中山美穂が折りたたみ式のコンパクトな小さい携帯を使っている。女性用の携帯の出現である。ベトナム野戦用の携帯から五年、おしゃれな携帯があらわれたのだ。

携帯電話を使った恋愛が全開になるのは1997年秋の『ラブジェネレーション』からである。木村拓哉と松たか子のドラマだ。第一話の冒頭、木村拓哉の携帯電話シーンでドラマが始まり、最終話では、山で立ち往生した木村拓哉の携帯がつながらなくなって、ずいぶんともめていた。そんな設定が通用したのは、これがぎりぎり最後である。それ以降、そんな言い訳をしようものなら現実世界でもぶっとばされてしまう。

冗談としてのすれ違いか、まったくすれ違わないか、そういう選択しかなくなった。あとは時代設定を1995年以前にするしかない。それはもう恋愛時代劇だ。

携帯電話の歴史を簡単にまとめるとこうなる。

「1989年に一部の人が使い始め、1995年にかなり出回り、1997年からみんな持つようになり、1998年以降、持ってないことは許されなくなった」

以上だ。

もちろんドラマの中だけではなく、現実世界も同じである。

恋愛ドラマが変わったように、実際の恋愛現場も変わってしまった。

携帯電話の出現は、若者の生活を一変させた。

決定的な変化である。絶望的な変化だとも言える。

もちろん、携帯電話が出現しても、生活があまり変わらない人もいる。それは、日常に会う人がもう決まってる人だ。人生で必要な出会いは、あらかた終えてしまったとおもってる人たちだ。携帯電話は、遊び仲間と通信するために存在している。だから、世界が固まったおじさんにとっては、携帯電話が出現しても生活は変わらなかった。

遊びの連絡が大事なのは、若者である。

携帯電話の出現は、若者を直撃した。

ポーランドに侵攻したナチスドイツ軍のように、1997年、携帯電話は若者のあいだに激しく素早く浸透していった。ポーランドは、ナチスドイツとソビエト連邦によって分割され、若者は携帯電話とPHS使用者に分けられた。非武装中立は認められなかった。ヒットラーもケータイも、これによって生活が変わり、幸せになれると言ったが、僕にはそうはおもえなかった。

携帯電話は、人と人とをダイレクトに結びつけている。自分が話したい相手が、いきなり電話口に出てくれるのだ。それは、最初、無限の可能性を僕たちに与えてくれてるように見えた。でも、ちがった。みんなとつながってるということは、逃げ場がないということだった。森の奥深くに僕たちは追い込まれ、気がつくと断崖に立っていたのだ。

便利になっただけで、いろんな面倒を抱えこまされた。

話がちがう。

昔の一般電話には、もう少し肉体感覚があった。

彼女の家に電話をかけると、親が出た。親を乗り越えないと、彼女にたどりつけない。そこで、おとなに嫌われない話法を会得した。彼女にたどりつくためだから、必死である。鋭く個人どうしをつなげていたわけではないので、電話に猶予があった。僕たちも簡単にあきらめた。つながらないときは、つながらないのだ。電話はもともと、ひとつの可能性でしかなかった。かけたからといって、相手と話せないことはごくふつうに起こった。そういうときは、あきらめた。とりあえずあきらめる、ということを、不完全な連絡方法によって教えられた。電話は動かせないのだ。相手がその前にいてくれないと、つながらなかった。電話の前に相手がいるかどうかの可能性なんて、フィフティフィフティだ。

携帯電話は、もっと根本的な緊張を強いてくる。

身も蓋もない。相手がでなければ、拒否されてる可能性が高いのだ。電話をかけただけで、そんなことまで知らされてはたまらない。

それで幸せになったのか?

携帯電話を持ってるかぎり、どこにいようと、あらゆるところとつながっている。そのために否応なく自分という個を見つめさせられてしまう。

たとえば。

自分のお誕生日に、いったいいくつメールが来たか。そのメールの数で「いま存在する世界の中で、あなたの誕生日を覚えていて、祝ってくれる気持ちのあったすべての人の数」が示されるのだ。逃げようがない。来てない人は、誕生日を知らないか忘れたかどうでもいいとおもった人なのだ。それがきちんと数字になって示される。

携帯電話以前では、もっと留保できるエリアが広かった。たまたまその日逢えなかったからだろう、と勝手に自分を納得させられた。ゆるやかだった。いちいち、自分の内側と対面する必要がなかった。あきらかにそのほうが幸せだ。

いつどこでも、すべてのところにつながる可能性があるというのは、身も蓋もなさすぎる。あまりに直截《ちょくせつ》的すぎて、携帯電話はじつは人と人とのコミュニケーションにはさほど適してないのだ。そのため、今や携帯は電話ではなく、メールのやりとりが主体になってしまっている。

便利にはなった。しかし人間関係が豊かになったわけではない。

あらためて、機械の進歩は、生活を便利にするだけであって、人を幸せにするとはかぎらない、ということがわかる。

映画『バック・トゥ・ザ・フューチャー』シリーズで、主人公のマーティは１９８５年の現在から２０１５年の未来へ飛ぶ。そこはクルマが空を飛び、スケートボードが宙に浮く世界ではあるが、携帯電話は使われていない。巨大なテレビ電話を使っている。子供たちはゴーグルのような電話機を顔にかけているが、あれはおそらく子機だろう。マーティは書斎にある巨大なテレビ電話で話をしていた。一人ずつ電話は持っているが、携帯電話ではないのだ。それが１９８０年代に想像した21世紀なのである。

２０１５年にどんどん近づいてきてるが、まだクルマは空を飛ばないし、一般家庭に巨大スクリーンのテレビ電話は置かれていない。つまり『バック・トゥ・ザ・フューチャー』の２０１５年は、１９８５年世界を裏返しにして未来に投影したものでしかなかったのだ。１９８５年から想像する未来には、電話は「家に一台」だったのだ。「電話は家にあって、それを家族でシェアするものだ」という前提は未来永劫変わらないとおもっていたのだ。個人ユースの電話が広がるという未来は、まったく予想できていなかった。

もちろん、僕たちは、もう、携帯電話を手放しはしない。ゆるやかに不幸になろうと、この便利なツールを手放すつもりはない。

携帯電話は、僕たちがおもってる以上に大きな存在になってしまっている。

鉄道、と同じレベルの文化的インパクトがあるとおもう。

鉄道の出現がもたらした影響はとてつもなく大きい。

いま、鉄道がない状態は想像しにくい。地下鉄もＪＲも、新幹線も東急東横線も都電荒川線もない状態。四ツ谷から新橋に行くのも歩くしかなく、高田馬場から京都へ行くにも歩くしかない状態。誰も想像できないとおもう。でも百三十年前の人は、みんなそうしていたのだ。向こうから見れば、こちらの世界が便利だけど異常な世界である。ちなみに四ツ谷から新橋は四十五分で歩けるし、高田馬場から京都までは急げば十二日で着ける。僕はそうだった。鉄道がなくったって、人は別にふつうに生きていける。大正生まれの人は、天正生まれの人よりも生涯に移動した総距離は長いだろうが、だからといって幸せだったとは言えない。

ただ、誰一人として、鉄道を廃止して、そんな時代に帰りたいなどとはおもっていない。

携帯も同じだ。

便利にはなった。でもいくつかのものを失った。そして僕たちはもうその時間をもとに戻すことはできないのだ。


坂の上にたどりついたら……

90年代に入り、僕たちの社会は、ゆるやかにしか進まなくなった。大東亜戦争大敗戦後の時代が一区切りついてしまったのだ。シニカルに90年代前半をすごしてたら、1995年になった。

1月に地震で神戸が崩壊した。3月に東京の地下鉄でテロが起こった。明確な転換点だった。もう、日本がひとつのムラのように生きていくことが不可能だとおもいしらされた瞬間だった。水も安全も、有料になってしまった。ここからはもうどうがんばろうと、バブルの時代には戻れないと気づかされた。

坂の上の雲を見上げて、それだけを目標に歩いていけばいい時代にはもう戻れないんだろうと、つくづく実感されたときである。

坂の上の雲は、明治の人たちだけが見ていたわけではない。1950年から1980年の昭和の人びとも見ていた。前年より今年、今年よりも来年が豊かになっている時代だ。そういう坂を歩いていたのだ。足元を見ずに、ただ、坂の上の雲を見て歩いていればよかったのだ。坂を歩くのはつらいが、高みに登っていくことが実感できるかぎり、気持ちがよかった。がんばれば上へ行けた。弱音を吐かなければ、いい生活ができるようになった。

それが僕たちの国だという信念があった。

たどりついた坂の上は、つるっつるに滑る不気味な灰色の平原だった。まるで悪夢のようだ。あがいても、自分の意志でうまく動けないのだ。特にその平原に放り込まれた若者は、とまどった。

自分が最初から立たされている位置が、理不尽にもいろんなことを規定してしまう。そういう理不尽な規定は我慢できるにしても、おとなたちが、何をやってるんだ、がんばれ、がんばりさえすれば高みへ行けるのだ、と言ってくることばかりは耐えられない。社会に参加する気が失せる。おとなたちは、自分たちの社会を守ることにばかり目がいって、若者の居場所をあけてくれるわけではない。若者のためといって、結局、息が詰まりそうな場所に追い込んでいくばかりだ。

たぶんベビーブーマーたちは、1968年に破壊できなかった何かを、もう一度、やんわりと破壊しようとしているのではないか。若者をゆっくりと殺していくことで、何かに復讐しようとしてるのではないだろうか。日本と、日本がもたらしたものと、近代のシステムと、そしてできれば近代そのものを、憎んでるだけではないか。彼らは自分たちで「若者」というカテゴリーを作りだし、自分たちが老いてくるにしたがって、そのエリアを抱きかかえたまま混乱の中を死んでいこうとしてるようだ。

90年代は、動かなかった十年である。

見えない底辺で、何かが未来に向けて動いていたのではないか、とおもいたくもなる。だが、2006年に振り返ってみても、「世の中は金だ」というテーゼしか打ち出せていない。そんなテーゼは、犬も食べない。そもそも80年代から言われていたことにすぎないのだ。

若者の可能性と対峙できない社会は、若者を、ゆっくりと殺しているだけでしかない。若者をゆっくりと殺していくことによって、僕たちの社会は、緩慢な破壊を続けているのだ。

第6章　1999年のノストラダムス

アンリアルな世界

90年代後半、携帯電話が社会を覆った。

最初はただの電話だったが、気がつくと、いろんな機能が詰め込まれ、全員が持たされていた。そして「携帯電話にいきなり電話してくるのは、とても野蛮なことだ」という不思議な時代になってしまった。

1950年代の牧歌的なSFや、60年代の手塚治虫が描いた未来には〝携帯電話〟はなかった。少なくとも、社会構成員全員が小さい無線機を持って、おのおのが勝手に連絡を取り合っている、という風景は描かれていなかった。

奇妙な21世紀にたどりついてしまった。

ウオークマンが出現したときに、未来がずれ始めたとおもった。ウオークマンと携帯電話は、僕たちが子供のころに夢見ていた未来には用意されていなかった。20世紀が夢見ていた幸せな未来には、個人個人で社会につながる、という予想図はなかったのだ。

でも僕たちは、個人個人で社会にアクセスするシステムを選択してしまった。もう戻れない。映画でさえ、自分の部屋で勝手に見るようになってしまった。わかりやすい身近な集団に属することを避け、もっと自分の好きなエリアに属することにした。

家族の人数が減り、近所つきあいが薄くなり、親戚の集まりが減り、そのぶん携帯電話とインターネットで自分が選んだ集団に軽く属するようになった。そして「日本人」という大きなカテゴリー区分に反応するようになった。ナショナリズムの復興は、帰属集団の希薄化にあとおしされている。

個人はラインで社会につながるようになった。かつてはゾーンごとに社会参加していたのだが、いまはライン参加である。僕たちはすぐ近くの友人について、細かい情報さえも持ち合わせていないのだ。個人情報を出し惜しみしているうちに、どことも知れない機械の向こう側としかつながらなくなってしまった。

90年代は、便利さが暴走して、アンリアルな世界で生きるようになった時代なのだ。

いつからミステリー本は重くなったか

ミステリー本が重くなった。

1999年、福井晴敏の『亡国のイージス』を山手線の中で読んでいるときに、強くおもった。とても分厚い本だ。654ページ。読み出したら止まらなくなり、山手線で吊り革につかまり左手に持って読んでいたら、手が痛くなったのだ。小指のつけねから手首までの側面が痛い。長時間、吊り革につかまって『亡国のイージス』を読むことができなかった。昔のミステリー本は、こんなに重くなかった気がする。

量ってみた。

いったい、いつからミステリー本は重くなったのか。十数年分さかのぼって量ってみた。もちろん僕はそんな昔のミステリー本まですべて持ってるわけではないので、昔のミステリー本をすべて持ってそうなところへ行って量った。すべてとなると国会図書館である。国会図書館で、かたっぱしから量っていった。

週刊文春に毎年発表される「ミステリーベスト10」の十冊を量っていった。

かつては国内ものと海外ものを分けずにベスト10を選んでいたが、1983年に分けられた。何だって1983年から始まっている。だから1983年以降のミステリーベスト10をかたっぱしから量った。ちなみに国会図書館ではすべてカバーははずされているので、カバーをとった重量である。

やはりミステリー本は重くなっていた。簡単に抜き出すとこうなる。

1985年　356グラム
1986年　408グラム
1990年　455グラム

1993年　567グラム
1998年　602グラム

見事な成長ぶりだ。ネズミの子の成長記録だとすると、ネズミの親はうれしいだろう。でも残念ながらネズミの子の成長記録ではない。山手線車内で左手一本で支える可能性のある本の重さの歴史である。

『亡国のイージス』は725グラムあった。

80年代は気軽に片手で持てるものだったミステリー本は、90年代に入り重厚になり、気軽に持てないものになっていった。ただ、90年代のほうがあきらかに売れているはずである。つまりミステリー本は、人気が高くなるにつれ、重くなっていったのだ。

個人的な感覚で言うと、僕の左手のつけねが十分以上耐えられるのは450グラムまでだ。できればミステリー本は一冊450グラムまでに抑えてほしい。重い本の場合は、同値段のペーパーバック版を出してもらうと助かる。助かる、なんてここで言っていてもしかたないが、でも確かにそうなのだ。そのラインは1990年に突破され、二度と戻ることはなかった。

週刊文春ミステリーベスト10国内部門 1983年〜2000年の重量の変遷（新書・文庫を除く）			
年（新書・文庫を除いた単行本の冊数）	1冊平均重量	1冊平均値段	ベスト10のうちその年のもっとも重かった本
1983年（6冊）	404.0g	983円	432g『写楽殺人事件』高橋克彦
1984年（9冊）	385.1g	1010円	510g『懐かしき友へ』井上淳
1985年（8冊）	355.5g	1018円	408g『見返り美人を消せ』石井竜生、井原まなみ
1986年（9冊）	408.2g	1054円	444g『カディスの赤い星』逢坂剛
1987年（8冊）	416.8g	1088円	488g『北斎殺人事件』高橋克彦
1988年（12冊）	426.2g	1158円	466g『黄昏のベルリン』連城三紀彦
1989年（9冊）	438.3g	1289円	525g『エトロフ発緊急電』佐々木譲
1990年（9冊）	454.9g	1511円	635g『暗闇坂の人喰いの木』島田荘司
1991年（8冊）	506.9g	1606円	685g『水晶のピラミッド』島田荘司
1992年（10冊）	519.8g	1778円	865g『哲学者の密室』笠井潔
1993年（9冊）	567.2g	1944円	920g『アトポス』島田荘司
1994年（8冊）	494.5g	1812円	685g『ストックホルムの密室』佐々木譲
1995年（9冊）	521.7g	1755円	730g『蝦夷地別件・下』船戸与一
1996年（6冊）	473.0g	1683円	620g『絡新婦の理』京極夏彦※
1997年（9冊）	521.9g	1866円	740g『逃亡』帚木蓬生
1998年（11冊）	602.8g	1990円	840g『屍鬼・下』小野不由美
1999年（10冊）	528.6g	1815円	725g『亡国のイージス』福井晴敏
2000年（10冊）	522.9g	1927円	615g『奇術探偵曾我佳城全集』泡坂妻夫

※これは新書です。

日本の文筆史上もっとも劇的な変化

ミステリー本が重くなっていったのは、筆記具の変化によるものだ。

僕は１９８４年から著述業を始めたが、そこから十年のあいだで著述業者のまわりでもっとも大きな変化だったのは、筆記具である。

１９８０年代は、サインペンで書いていた。

１９９０年代には、ワードプロセッサーで書くようになった。

決定的な転換である。すべて手で書いていたものを、機械で書くようになったのだ。

画期的な転換だ。日本の文筆史上、もっとも劇的な変化である。

手書きから、ワードプロセッサーに変わって、書く速度が格段に早くなった。多くの量を早く書けるようになった。単行本一冊書き下ろすときに、圧倒的な威力を発揮した。

とうぜん、作品にも影響が出る。当時は文体について、さかんに議論された。機械で書く文章と手で書く文章では、文体が違ってくる、という話である。僕にはどうだかわからない。たぶん、さほど変わらないとおもう。でも、当時は、みんな文体の変化を恐れていたのだ。

時代をくだって見てみると、問題は文体ではなかった。分量だった。

少なくとも、書き下ろしミステリー本は、機械書き時代に入ってから、見事に分量が増えている。

いつ、文章界は機械書きに移ったのか。

僕がワードプロセッサーを買ったのは、１９８８年である。

高級機種を買ったので40万円だった。書いていて倒れそうになる。リースである。

１９８５年にファクシミリを80万円でリースして、その支払いがひと段落していたから、ワードプロセッサーを借りたのだ。ファクシミリに80万円。ワープロに40万円。あわせて１２０万円。昔なら国がひとつ買えそうである。時代を進ませるために、虚空に向かってこういう金を投げ出してしまったのだ。21世紀から見ると、だまされてるんじゃないかとおもえるが、当時は時代の先端を歩いてるつもりだった。

ただ、１９８５年のファクシミリ導入は著述業者としてはかなり早いほうだが、ワープロの１９８８年というのは、標準だった記憶がある。若手としては標準だった。老若まぜると早いほうだろう。

１９９１年のドラマ『東京ラブストーリー』のビデオを見ていると、あいだにワープロのコマーシャルが流れていた。息を呑むような美少女が笑っている。16歳の後藤久美子だ。ＯＬのお姉さんがゴクミに「ほんと、会社ってとこは、１にルックス、２に笑顔、３、４がなくて５にワープロよ、しっかりワープロやっときなさい」と言っている。「日立の生活変換ワープロ、ウィズ・ミー」。プリンタを含む標準価格が18万8000円、ただし税別だ。

1991年1月に20万円を切っていた、ということだ。まだまだ高価だ。美少女高校生やOLが買うには高い。ただ仕事の道具としてなら、買うだろう。このころには著述業者の多くは、ワードプロセッサーを使い始めていたはずだ。

手書きから機械書きに移行したのは、早い人たちで80年代の後半である。多くの書き手は1990年代の前半に移行した。1995年には移行はほぼ終了した。

ミステリー本の重さと照らし合わせると、1990年がポイントだろう。

僕たちの国は、1990年を境に、文章を機械で書くようになった。

パーソナルコンピュータの導入が目立ち始めるのは、1997年ごろからである。ただ、手書きからワードプロセッサーへの移行は革命的だったが、ワープロからパソコンへの移行は、ものを書く観点からはただの機種変更にすぎない。

カラダよりアタマを優先

手書きからワープロになって、文章が肉体を通さずに書けるようになった。

つまり仕上がりの重さを想像せずに書けるようになったのだ。だからミステリー本が分厚くなった。手書きなら削っていたようなディテールまで細かく書かれるようになった。それまでのバランスが崩れた。脳内世界は喜ぶが、肉体的実感は薄れる。どちらがいいということではない。そういう世界を選んでしまったのだ。

ファクスに続き、ワードプロセッサーの出現は、ものを書くバランスを崩していった。ちなみにワープロより少し前にファクスが普及した。ファクスの普及によってライターと編集者が顔を会わせる機会が減った。単発の注文などは、電話とファクスだけですむようになった。でも僕は、小さい仕事であろうと、依頼のときに会いに来ない編集者を信用しない。これは経験則によるものだ。編集者に一番大事なのは現場の感覚だ。「お忙しいでしょうから」という理由で会いにこない編集者は、ろくなもんじゃない。

機械が発達すると、便利になる。人は人と接触しなくてすむ。

便利な世界の困ったところは、一度、その世界に入ると、もう元には戻れないということだ。いまさら僕も原稿を書くたびに、原稿の束を抱えて電車に乗って編集部に届けるつもりはない。僕たちは渡った橋をひとつずつ焼き落としながら、ひたすら平原を前に進んでいるのだ。振り返っても、戻れはしない。先に何があるのかわからないが、橋を焼いたからには、進むしかない。

新横浜駅はなぜ格上げされたか

90年代に崩れていったのは「内と外」のバランスである。それまでのバランスが通用しなくなった。ミステリー作家は〝内なる世界〟の忠実な表出を大事にした。現実の本の重さは無視され始めた。

都市と田舎のバランスも崩れだした。

都市のほうが圧倒的にえらくなりだしたのだ。都市化が進んでいった。東京が突出しはじめる。

たとえば、新幹線が新横浜に停まりだした。

かつて新幹線のひかり号は、京都と名古屋しか停まらなかった。それが80年代の後半に新横浜駅に停車するようになった。1992年に走り始めたのぞみ号は、2003年以降ほとんど新横浜に停車する。新横浜駅が、京都、名古屋と同じレベルに格上げされたのだ。1970年代にはひかり号にまったく無視されていた新横浜駅が、1990年代に重要な停車駅となっていたのだ。

ちょっと話がそれるが、のぞみ、という命名には、いかにも90年代らしい気分が見てとれる。それまでの「ひかり」「こだま」というのは実にわかりやすいネーミングである。一番速いのが光速、次に速いのが音速。わかりやすい。

その光速より速い列車にどういう名前をつけるか。ＪＲも悩んだのだろう。そこで、のぞみを出してきた。内的世界である。精神論だ。宗教的とも言える。60年代の科学的気分から大きく逸脱して、内側へ向かってしまった。90年代の停滞が見事にあらわされてる名前である。当時は気づかなかったのだろう。内的世界に向かう気分は、その三年後に東京の地下鉄でテロを起こすことになる。同じずらすにしても、形あるものにしたほうがよかった。

崩壊した未来世界に迷い込んでしまうＴＶドラマ『漂流教室』では（常盤貴子と窪塚洋介のドラマだ）、完全に破壊された世界に「いのり」という新幹線の残骸がうち捨てられていた。たしかに「のぞみ」の次に「いのり」という名前の最速列車を走らせているような社会は、早晩、滅んでしまいそうである。あきらかに社会不安を象徴した名前になっている。もちろん、のぞみという名前は90年代の不安の象徴である。

新横浜駅が突出したのは、横浜市だけがとびぬけて発展したということではない。

東京が、横浜エリアまで広がっただけだ。東京の膨張の結果だ。

盆地と小さい平野を細い街道で結んでいる関西エリアとはちがい、関東エリアは大きな平野に広がった同一地域である。東京と周辺エリアの明確な境界ラインがない。東京が膨張しようとすれば、どこまでもできる。東京は簡単に周辺を吸収できるのだ。

夢の超特急・東海道新幹線「ひかり」号の停車駅の変遷

（臨時列車と東京発名古屋行のひかりは除く）

年	全本数	品川	新横浜	小田原	熱海	三島	新富士	静岡	掛川	浜松	豊橋	三河安城	名古屋	岐阜羽島	米原	京都	新大阪
1964年	39本	駅なし	停車なし（0%）	停車なし	停車なし	駅なし	駅なし	停車なし	駅なし	停車なし	停車なし	駅なし	全停車	停車なし	停車なし	全停車	全停車
1972年	46本					停車なし											
1975年	114本														6本		
1980年	122本		2本（2%）												15本		
1985年	132本		50本（38%）	4本	6本	6本		19本		8本	4本			2本	17本		
1989年	141本		62本（44%）	6本	6本	6本	停車なし	25本	停車なし	14本	4本	停車なし		6本	24本		
1995年	146本		65本（45%）	6本	6本	6本		27本		14本	4本			8本	31本		
2000年	127本		65本（51%）	6本	6本	6本		27本		14本	4本			30本	31本		
2003年	111本		63本（57%）	6本	6本	6本		32本		14本	4本			30本	31本		
2006年	57本	29本	28本（49%）	12本	6本	12本		31本		22本	12本			32本	33本		

「のぞみ」号の停車駅の変遷

（臨時列車は除く）

年	全本数	品川	新横浜	名古屋	京都	新大阪
1992年	4本	駅なし	1本（25%）	3本	3本	全停車
1995年	33本		1本（3%）	32本	32本	
2000年	49本		16本（33%）	全停車	全停車	
2003年	65本		60本（92%）			
2006年	137本	100本	102本（74%）			

ちなみに2003年10月に品川駅が開業し、新横浜駅と2つで「西に広がった東京エリア」を分担することになった。東京―新横浜ではちょっと広すぎたのだ。

新横浜停車の増加は、東京が広がっていく過程である。東京と新横浜を結ぶエリアを利用する人が増えたのだ。横浜が東京の一部を担わされてしまった。もちろんすべて東京に含まれたわけではなく、情報化して利用できる部分のみ、東京に持っていかれただけだ。

明治神宮の一人勝ち

東京突出のもう一つの事例が、明治神宮の初詣客だ。

いま初詣客が日本一多いのは東京の明治神宮だが、かつては違った。一位になるのは1980年代に入ってからである。

それまでの明治神宮は、初詣界では、二番手から三番手、ときには五番手あたりに位置していた。東京の膨張が始まってから、明治神宮は一位になった。

70年代の初詣客数日本一は、鶴岡八幡宮か川崎大師だった。どちらも神奈川県の神社である。1973年から1977年までは五年連続川崎大師が一位だ。

1978年、明治神宮がトップになる。翌年には、京都の伏見稲荷大社が一位になるが、1980年に明治神宮が一位に返り咲き、そこから二十七年連続トップのままである。世紀をまたいでずっと一位というポジションは、突出する東京の姿そのものだ。

ただ1978年の毎日新聞の記事の見出しでは「明治神宮　不本意ながら　一位に浮上」となっている。1978年の正月は、なぜだか全国で参拝客がおそろしく減ってしまい、減りの少なかった明治神宮が一位になった、というのだ。参拝客数は増えてないのに一位になったのが不本意だ、という記事である。70年代には、明治神宮の参拝客数が日本

「初詣客の多い神社仏閣ベスト10」順位の変遷

年	明治神宮の順位（東京）	川崎大師（神奈川）	成田山新勝寺（千葉）	住吉大社（大阪）	伏見稲荷大社（京都）	熱田神宮（愛知）	鶴岡八幡宮（神奈川）	太宰府天満宮（福岡）	大宮氷川神社（埼玉）	浅草寺（東京）	豊川稲荷（愛知）	春日大社（奈良）	伊勢神宮（三重）	八坂神社（京都）
1970年	**3**	9	10	6	4	2	1				7		8	5
1973年	**3**	1	6	4	5	7	2			10	8	9		
1974年	**5**	1	7	3	4	6	2			8	9	10		
1975年	**5**	1	6	3	4	7	2				9	8	10	
1976年	**2**	1	6	4	5	7	3	8			9	10		
1977年	**2**	1	5	6	3	7	4	8		10	9			
1978年	**1**	3	6	2	4	5	7	8		10	9			
1979年	**2**	3	5	4	1	6	7	8		9	10			
1980年	**1**	4	5	2	3	6	7	8		10	9			
1981年	**1**	2	3	5	4	7	6	8		10	9			
1982年	**1**	2	5	3	4	6	8	7	10		9			
1983年	**1**	2	3	4	5	6	7	8	9					10
1984年	**1**	2	3	4	5	6	7	8	9	10				
1985年	**1**	2	3	4	5	6	8	7	9	10				
1986年	**1**	2	3	4	5	6	7	8	9	10				
1987年	**1**	2	3	4	6	5	7	8	10	9				
1988年	**1**	2	3	4	5	6	7	8	10	9				
1989年	**1**	2	3	4	5	7	6	8	9	10				
1990年	**1**	2	3	4	5	6	7	8	9	9				
1991年	**1**	2	3	4	5	6	7	8	9	10				
1992年	**1**	2	3	4	5	6	7	8	9	10				
1993年	**1**	2	3	4	5	6	8	7	9	10				
1994年	**1**	3	2	4	5	6	8	7	9	10				
1995年	**1**	2	3	4	5	6	7	8	9	10				
1996年	**1**	2	3	4	5	6	8	7	9	10				
1997年	**1**	2	2	4	5	6	8	7	9	10				
1998年	**1**	3	2	4	6	5	7	8	9	10				
1999年	**1**	3	2	4	5	6	8	7	9	10				
2000年	**1**	3	2	4	5	6	8	7	9	10				
2001年	**1**	3	2	5	4	6	7	8	9	10				
2002年	**1**	3	2	5	4	10	6	7	8	9				
2003年	**1**	3	2	6	4	5	8	7	9	10				
2004年	**1**	3	2	6	4	5	9	7	8	10				
2005年	**1**	3	2	6	4	5	8	9	10	7				
2006年	**1**	3	2	6	4	5	8	9	10	7				

一になるはずがない、とおもわれていたのがわかる。70年代の東京のポジションは、いまとまったく違っていたのだ。

明治神宮は、歴史が新しい。明治天皇が祀られている。1920年大正9年の創建だ。しかも1945年の空襲で焼け、1958年に再建された。弘法大師ゆかりの川崎大師や、鎌倉時代からの伝説とともにある鶴岡八幡宮と比べると圧倒的に歴史が浅い。おそらく1970年代までは、初詣には神社の古さが重視されていたのだ。

80年代に入り、そういう歴史的な実感よりも、情報が優先する。1984年以降、初詣参拝客ベスト10の神社が固定してしまった。入れ替え戦がなくなった1990年代を象徴している。

東京の過剰な拡大と便利さ地獄

明治神宮がずっと一位なのは、東京情報が、突出したからだ。

毎年毎年、明治神宮一位という情報が全国の家庭に配られていく。さほど意味のないこの情報が、ラグビーボールのように回される。みんな、どういう意味があるかわからないまま後ろにパスする。それを見てふたたび参拝客が増える。意味のないループが始まる。参拝客が増え、その情報が地方に配信され、また参拝客を増やしてしまう。

かつては「東京―大阪」という二大都市幻想があり、東京は少し相対化されていた。ただ大阪は1980年代以降、哀しいほど沈下していった。まだ東京が一地方都市の香りを残していた1970年代までは、東京が一番、大阪二番と言われていた。でも80年代以降、東京は中心、大阪は周縁の一部にしかならなくなった。

大阪という都市は、太閤秀吉が作り上げ、江戸時代を通じて発展しつづけ、18世紀から19世紀にかけて、都市として完成したところだ。当時は日本の中心地だった。もともと江戸時代のサイズにおさまりのいい土地なのだ。おもだったところは歩いて移動できる。キタとミナミという毛色の違った二つの繁華街があることが、大阪人にとって大事なことなのだが、その2エリアの距離は、東京で言えば新宿と原宿と同じ距離である。新宿―代々木―原宿。三駅である。酔っぱらった大学生なら、歩いて移動する距離だ。その距離での差を大きく考えられるのは、人間サイズとしては素晴らしいし、人が住むにはいいのだが、巨大化した東京の相手にはならない。山手線だけで大阪中心部が十四個入ることになる。とても二大都市として並べられるものではない。

東京―大阪という二大区分は、江戸時代の幻想にすぎないのだ。

大阪の沈下は、東京にとっても不幸である。ただ大阪が地盤沈下したら、阪神タイガースが全国区になった。おそらく大阪にはタイガース以外に売るものがなかったのだろう。

東京の突出は１９８０年代に始まり、１９９０年代に固まった。

都市と田舎のバランスが崩れ、内と外のバランスも崩れた。

東京の突出はみんながアタマで生きだしたということでもある。東京は「日本中のイメージと欲望を実現する都市」になった。東京の過剰な拡大と、必要以上に生活が便利になり続けるのは、同じ流れである。どちらも名前をつけると「都市化」である。

僕たちは、便利さ地獄に陥っている。

便利な新製品のあとに、もっと便利な新製品が出てくる。すべての商品とサービスが、消費者を圧倒的な王様のような気分にさせてくれる。すべての人が自分を王様だとおもいはじめ、世界は王で満ちあふれ、混乱している。しかも世界は、自分が期待しているほど自分中心に動いてくれるはずもなく、世界と自分との折り合いがつけにくくなってしまった。都市で、人と人の肩がぶつかる回数が増えているはずである。昔は分をわきまえてお互いに避けていたものが、いまはぶつかっていくようになったのだ。哀しい王様の争いが今日も都会で起こり続けている。

いつから「単位」は「来る」ようになったのか

逃げ道のひとつは、世界をバーチャルにとらえることだ。

大学では卒業までに132単位ほど、取得しなければいけない。そうしないと卒業できない。

単位を取る。

僕たちはそう言っていた。1979年に30単位取ったときも、1980年に16単位しか取れなかったときも、僕はそう言っていた。

最近の学生は「取る」とは言わない。「来る」と言う。

学生バイトが僕に向かって言ったときに気づいた。

「ホリイさん、よかったです。フル単、来ました」

フル単というのは、すべての単位のことである。つまり、すべての単位が来ました、と言ったのだ。おもわず、日本語が違ってるぜ、と注意した。単位は来るもんじゃなく、取るもんだ。注意した僕が違っていた。いまの学生にとって「単位は来るもの」なのだ。

僕が気づいたのは2000年の春だ。

いつのまにか「単位」は「来る」ものになっていたのだ。いつからそうなったのか。歴代のアルバイトにさかのぼって、聞いてみた。

1997年からだった。

●1991年入学の学生に聞くと、「単位が来る」では日本語としておかしいと言う。

●1992年入学学生は、聞いたことがある、と言った。

●1994年入学

「人が使ってるのを聞いたことがあるが、自分では使わなかった」

●1995年入学

「一年と二年のときは一生懸命講義に出てたから『取る』と言ってたけど、三年以降は力を抜いたこともあって『来る』と言ってました」

「4月の登録のときは『取る』で、3月の成績発表のときは『来る』と言ってました」

●1996年入学

「人に『取れた?』とは聞くけど、自分で『取った』とは言わなかった」

「ふだんは『取る』だけど、試験の結果を待つときは『来る』『来ない』になります」

●1997年入学

「取るってのは、やぼったい感じがする。友だちと話すときは、来ると言いますね」

●1998年入学

「取ると言うと、がっついた感じで、下品なので、ふつうは来たを使いますね」

●1999年入学

「絶対に来ないとおもってたのが来たときだけ『取れた〜！』と言います」

早稲田大学では、90年代の半ばに、単位は取るものではなく、来るものになった。ゆるやかに移行していったが、ポイントを決めるなら1997年だ。それ以降、単位は「来る」ものになった。「取る」では力が入りすぎなのだ。

世界の把握がバーチャルである。現実感が薄い。自分で出席しレポートを書いて単位を得たのに、与えられたもののようにとらえてる。

でも当事者にすると「与えられた」と考えるほうが楽なのだ。獲得したとおもうと面倒が多い。世界は自分のおもいで動いてくれない。だから自分のまわりの世界を、ちょっと非現実的にとらえていたほうが、自分を守りやすい。バーチャルが楽なのだ。

だから努力してがんばっても、単位は「来る」のである。

僕たちはノストラダムスに期待していた

おとなが若者のつもりのまま年をとっていき、その下の若者の居場所がないのだ。

となると若者は、自分の内側の世界を大事に生きるしかない。内側を生きる人たちは、世界に薄い膜をかけて見る。リアルに直視しても、何も幸せになれないからだ。その世界に生きてはいるが、世界の成り立ちとは関係してないと考える。

若者のせいではない。僕たちが選んだ社会の気分とシステムのせいである。

1997年、若者が携帯電話で覆いつくされたとき、世界をバーチャルにとらえるようになった。携帯電話の普及と、アンリアルな世界はきちんとつながっているのだ。

1995年を境に、僕たちの社会は動かなくなった。

それは80年代の気分を1995年に徹底的に潰されたことによる。

1月17日に阪神大震災、3月20日に地下鉄サリン事件が起きた。

1995年ショックである。それによって、僕たちはいろんなことをあきらめた。二度と高度成長できないだろうと悟った。悟ったが口には出さなかった。高度成長はできないが、高度成長するシステムは残ったままである。そのシステムは僕たちを幸せにしてくれない。

だから1999年から2000年にかけて、何かが劇的に変わるのではないか、とうっすらと期待していた。

1999年の7月に空から恐怖の大王がやってきて、アンゴルモアの大王がよみがえる、とノストラダムスは予言していた。誰も信じてはいなかった。そもそも意味がわからなかった。でも「世紀末だから何かが変わるはずだ」というメッセージを読みとり、よくわからないまま うっすらと期待していた。

7月には何も降らなかった。ときどき雨が降っただけだ。

その不安を含めた期待は、年末に噴出した。「2000年問題」だ。1999年12月31日から2000年1月1日に変わる瞬間、コンピュータの表示問題で大きな混乱が起こる、と予想されていたのだ。ミサイルの誤発射まで予想されていた。多くの人たちが、真剣に心配していた。正月返上で会社に泊まり込んだ人もいた。

でも何も起こらなかった。

いまからおもうと、それは1999年が2000年になるときに、何か起こって欲しいという暗い希望でしかなかったのだ。1992年から1993年にうつるのと同じように、1999年から2000年に移動して欲しくなかっただけなのだ。

何も起こらなかった。

コンピュータ表示は確かに問題だったのだろう。でもみんなで息を呑んで心配するほどのことではなかったのだ。町の蕎麦屋が「大晦日の蕎麦が足らなくならないか」と心配する程度の問題だったのだ。専門家に任せておけばよかった。でも僕たちは心配したかったのだ。杞憂だとわかり、よけいに脱力してしまった。

2000年は脱力から始まった。

翌年、夢見る21世紀を迎えても、同じだった。21世紀だからといって、何も上昇していく気配が感じられなかった。その気分のまま2001年9月のテロを迎えてしまう。

80年代の後半から始まった生活革命は、20世紀の最後にはとても便利な暮らしをもたらしてくれた。僕たちの生活は信じられないくらい快適になった。でも、何かが違ってた。居心地の悪さを感じ始めていた。アタマで考えて便利になり続けた結果、カラダとのずれが少しずつ生じ始めていたのだろう。

若者をゆっくり殺し続けた社会が、やんわりと社会全体を扼殺《やくさつ》し始めたようだった。

本当は僕たちはノストラダムスに期待していたのだ。

1999年には何か起こって欲しかった。

何も起こらず、年を越え、僕たちはより行き場のない21世紀に突入してしまった。

終章

２０１０年の大いなる黄昏
あるいは２０１５年の倭国の大乱

「事件は会議室で起きてんじゃない」

1998年『踊る大捜査線　ザ・ムービー』がヒットした。

織田裕二の刑事ドラマである。フジテレビで1997年1月から3月まで放映されたドラマ『踊る大捜査線』の劇場映画化である。ドラマは最初、さほどの視聴率をあげなかった。尻上がりに人気となり、最終回が23%を取り、特別ドラマが作られ、映画が作られた。映画は、空前のヒットとなる。

映画の中で織田裕二の青島刑事は叫ぶ。

「事件は会議室で起きてんじゃない。現場で起きてんだ！」

犯人の家を探しあて、室井参事官に逮捕の許可を求めると、警視庁の最高幹部が集まった司令室から止められる。待て、所轄の刑事に踏み込ませるな、本庁の人間を行かせる、待機だ、と命令される。犯人が逃亡しそうだ。そこで青島は叫ぶのだ。

事件は会議室で起きてんじゃない。現場で起きてんだ！　室井さん！

青島、カクホだ！

映画のクライマックスです。

テレビコマーシャルでこのシーンが繰り返し放送され、映画大ヒットの起爆剤となった。

事件は会議室で起きない。現場で起きる。

「会議室」はつまりアタマ。頭脳。

「現場」はカラダ。身体だ。

1998年に青島刑事は「アタマで事件を解決できない。カラダで解決するしかない」と叫ぶ。室井参事官は支持した。1998年だ。

ただしその五年後、2003年、『踊る大捜査線 ザ・ムービー2 レインボーブリッジを封鎖せよ!』では、真矢みき演じる女性管理官が「事件は会議室で起きてるの。勘違いしないで」と言い放った。アタマはいつもカラダに勝とうとしている。

同じく2003年。

新潮新書『バカの壁』がミリオンセラーとなった。

養老孟司の著作である。『バカの壁』には繰り返し脳と身体のことが書かれている。

「個性は『脳』ではなく、身体に宿っている」

「戦後、我々が考えなくなったことの一つが『身体』の問題です。『身体』を忘れて脳だけで動くようになってしまった」

脳が肥大化している、身体に注目せよ、と書かれていた。その本が売れた。

2000年を迎え「アタマが勝ち過ぎて、世界が息苦しくなっている」ということに、みんなうすうす、気づき始めた。気づき始めたのだが、どうしようもなかった。

世界は停滞したまま、進んでいった。

大いなる黄昏の時代

僕たちの社会は、ずっとがんばってきた。

明治維新からがんばって大きな敗戦をくらい、大敗戦からまたがんばった。

1945年。僕たちの社会はとりあえず国をあげて、経済発展に取り組むことになった。みんなで豊かな社会をめざすことにした。

オーケー。

1945年の誓いだ。

豊かな社会は達成された。

誰も何とも言わないが、1945年から始めたレースはだいたい1995年にゴールに到達した。五十年かけてのゴールだ。すばらしい。おめでとう。ありがとう。

誰一人として飢えることのない社会。豊かで、みんなが長生きできる社会。

人類のひとつの理想のような社会に到達できたのだ。すばらしい。

こういう場合は、誰かが音頭を取って、目標達成記念祝賀会をやるものだ。

「私が乾杯の発声の、お名指しを受けました。僭越《せんえつ》ながらひとこと申し上げさせていただきます。おもいおこしますに、あの、昭和20年の夏、雲ひとつない空を見上げ……」

退屈なスピーチが延々と続き、乾杯し、万歳で締める。

なごやかに散会する。

そして、しばらく経ってからこの目標を達成させたチームは解散され、あらたに次の目標を立て、次の新しいプロジェクトチームが作られ、動き始める。先のプロジェクトを成功させた人たちは、ある人は次のプロジェクトの上のほうの責任者となり、ある人は名誉職におさまり、残りの人たちは先の仕事の誇りを胸に、次の仕事にかかる。

オーケー。

とりあえず、ひと区切りつけるのだ。そして、次に進む。

でも、誰も区切りをつけなかった。

1945年の誓いを守ったままなのだ。現場の声は届かず、司令部は戦い続行を命じる。ここでもカラダよりもアタマだ。だから停滞しはじめたのだ。

問題はここにある。

五十年かけて作ったシステムを、誰も手放すことができなかったのだ。ゴールしたことも知らされなかった。

そのまま走り続けた。1995年のゴールから十年。無意味に走り続けたのだ。息も詰まってくるはずである。

でも次なる目標が設定されない。目標がおもいつかないのだ。おもいつかないのなら、しかたがない。

僕たちの社会は、古く、意味がなくなった目標のもとで進むことになった。「これからもまだ裕福で幸せな社会をめざして右肩上がりで発展してゆく」ことになったのだ。

無理だ。おもいっきり無理である。わかってる。でもしかたがない。これから、いろんなものが過剰になる。富が偏在する。どこかで綻びが目立ち始め、いつか破裂する。それでも進むしかない。僕たちは「いまのシステムを手放さず、このまま沈んでいくほう」を選んでしまった。

「大いなる黄昏の時代」に入ってしまったのだ。

無理を承知で現状維持

使えなくなるシステムを維持することに決めたのだから、ここで一つの物語が終わる。

そもそも社会システムの1タームの基本はおよそ60年である。それは一人の人間が使いものになる期間が、だいたい60年だからだ。15歳から75歳くらいまで。社会システムの耐用年数と人一人ぶんの生涯と、だいたいリンクしている。それはシステムの継続が人間の記憶をもとにしているからだ。だから初期記憶がとても強く、それが継続されるならば、システムは2ターム、3タームと続く。ある集団がもの狂いしたように始めたシステムは、耐用年数をだいたい60年くらいと見たほうがいい。ソビエト連邦は1917年から始まって1991年に消滅した。74年。そんなものだろう。つまり「1917年のボルシェビキの熱狂」を、現場に立ち会っていない世代にうまく伝えられなかったのだ。ちなみに中華人民共和国は1949年に始まっているため、2009年で1タームを終える。そろそろいろんな部位の改変が始まっているはずである。

日本が近代国家を始めたのが1868年。そのシステムをやめたのが1945年。これは78年もった。大敗戦後のシステムは1945年に始めて、さてどこまで延命できるだろうか。早いと2015年。もって2030年だ。

明治維新で作り上げたシステムも、大敗戦後にあわてて作り直したシステムも、どちらもやっつけ仕事なので、1タームしかもたない。

１８６８年に始めたシステムは、軍事完全自己負担システムで、それがきつくて破綻した。自力で自国を守れない気がしたので、自国エリアを拡大し、よけいに守れなくなってしまった。

１９４５年システムは、アメリカ依存型である。

大敗戦直後には、自前の軍隊を持とうとさえしなかった。近代国家であることを放棄していた。実のところ、僕たちは近代国家であることが大嫌いなのだ。近代国家システムを放棄して何とかやっていけないかとおもっている。近代以前のシステムが好きなのだ。だから大敗戦後、国際社会から何か要求されても、「いえ、僕たち、敗戦国なので」とやんわり断ってきた。それで通るかぎりはやってきた。一種の鎖国である。

つまり、僕たちは大敗戦後もやわらかな鎖国でやってきたのだ。

僕たちは近代国家システムが嫌いだし、できればやわらかな鎖国状態でいたい。

不思議で居心地のいいシステムが続けばいい。アメリカが世界で一番強く、アメリカが世界の警察であり続け、日本がアメリカ東アジア戦略の基点であるかぎりは続けられる。でもそんな不思議なシステムを三百年も四百年も続けていくわけにはいかない。どこかで終わる。残念ながら早晩終わるだろう。

早ければ２０１５年を過ぎたころに、大きな曲がり角に出くわしてしまう。

僕たちの社会が大きく変わるのは、つねに外圧によるものだ。アメリカの力と、中国の目論見しだいで、大きく変わってしまう。早ければ2015年に倭の国は乱れる。

2010年代に国を変えようとあせれば、混乱したナショナリズムにあと押しされて、大きな乱れになる。あせらないほうがいい。

とりあえず、僕たちの社会は、無理を承知でいまのシステムのまま行くことにした。となると、残念ながらこのシステムは枠組みごと終わってしまうだろう。そういうものだ。無理に続ければ、組織は滅びる。人類の理想ともいえる豊かさの中に暮らし、でもその到達点の高さに気づかず、まだ発展するつもりになっている社会は、見えない底のほうからゆっくりと沈んでいく。

逃げろ逃げろ

そして、若者はワリを食う。

いまの若者は、どうあがこうと、上の世代とひとくくりにされてしまう。

大敗戦後に生まれた人数の多い世代、それにつながる世代、すでに冥府の存在ともいえる連中と一緒にされてしまう。「大敗戦後の社会を形成した一番下の世代」なのだ。気の毒だとおもうが、社会形成に参加してないのに、滅びゆく社会の一員にされてしまうのだ。

このままでは〝いまの若者〟が活躍する場は、ついにはこの地上には現れない。豊かな社会の端っこにぶら下がったまま、どこにも行けない。ロシア革命におけるもっとも貧しいロシア貴族のようなものだ。貴族の恩典にはまったくあずかっていないのに、でも革命のときには民衆によって吊るされてしまう。しかも気の毒なことに、誰一人として同情してくれない。

若い人が居場所を確保する可能性は二つ。

一つは、この社会を破壊すること。

もう一つは、社会から逃げること。

破壊は大変だ。豊かな世界は壊しにくい。

逃げるには、一つは伝統文化を身につけることだろう。とにかくいまのシステムをやわらかく否定するしかない。

近代以降、僕たちの社会は、文明的な便利さを追い求めてきた。

文明的便利さから脱け出すには、文化が有効である。文化は基本的に理不尽なものだ。「そこにあるもの」が文化である。アタマで考えても文化は身につかない。カラダでしか身につかない。伝統文化を身につけていると、少しだけ閉塞状況から脱けやすそうだ。

ただし伝統文化は、身につけるとなると、ものすごく時間がかかる。片手間でやれるようなことではない。

就職しないというのも、逃げる一つの方法だろう。いまの社会で働かないという選択である。でも、うまい逃げかたじゃなかった。「ニート」と名づけられた時点で、すでに捕まってしまっている。若者が自分で「ニート」といったときに、完全に逃げ道を塞いでしまった。ただ逃げてるのに、更正しなさいと言われるのだ。意味がわからない。

それでも、逃げたほうがいい。大いなる黄昏のなか、ゆっくり沈んでいく船に乗ってることはない。

でも、いますぐに脱け出すのはむずかしい。また捕まってしまう。

本当に沈みだしたとわかったとき、すっと簡単に脱け出せるように準備しておくしかない。何もしないと、一緒に深くまで沈んでしまう。

脱けるときは、身ひとつだ。

カラダで覚えてることだけ抱えて、脱けるのだ。伝統的文化を身につけていれば、脱けきれる可能性が高まる。あとは覚悟と気分だ。

ただあまり悲観ばかりすることはない。

一つのタームが終わるという話でしかない。「大敗戦後社会」システムが終わるだけだ。

一つのタームのテールエンドにいるってことは、逆に考えれば、次の新しいタームのちょっとだけ先にいるってことだ（先頭にいるんじゃない。その、ちょっと先にいるのだ）。うまくやれば、次の社会システムの先頭集団に入れるかもしれない。かなりむずかしいとおもうが、可能性はある。

ただ「次の社会システムとは何だろう」とアタマで考え出した時点で沈むからね。システムはアタマで考えられて、言葉になってやってくるものではない。知らぬうちに取り囲んでいるものだ。僕がヨーダなら、フォースの力を使え、と教えたい。でも僕はヨーダではない。あなたもジェダイではないだろう。フォースの力をうまく使えない。だからただ「考えるな。感じろ」と言うしかない。

カラダを使って、あとは勘と度胸で乗り切ってくれ。

いまの若者は、とりあえず大きなタームの尻っぺたにいる、ということを感じていればいい。

すきあらば、逃げろ。一緒に沈むな。

うまく、逃げてくれ。

あとがき

でもまあ、逃げろったってねえ。

逃げようはむずかしい。

社会システムが強固だから、外に向かって走っても、すぐに捕まってしまう。第一陣の逃亡者たちは、ほとんど捕まってしまい「ニート」という立派な名前が与えられてしまった。いまは更正しろと監視されている。あきらかに逃亡する前よりも扱いが悪くなっている。次の逃亡は慎重にやったほうがいい。

外へ逃げると捕まるなら、だったらおもいきって逆に逃げるってのはどうだろう。

内側に逃げるのだ。

それが〝日本古来の文化〟を身につける、ということなんだけど。

都々逸。古武道。落語。

文化というのは、たとえばそういうものだ。新しいのもある。

美容師。ラーメン職人。蕎麦打ち。歌謡曲司会。

そういうのでもいい。

俳句。刀鍛冶。酒杜氏。左官。空手。歌舞伎。日本舞踊。三味線。柔道。茶道。浄瑠璃。まあ探せばいろいろあるだろう。

文化を徹底してカラダで身につけること。それが、逃げるひとつの道である。

いまの社会の要請に応えないことが逃げることだ。逃げるったって、空間的にはどこに逃げても同じである。気持ちとして、不思議な社会の歪んだ要請には応えなくていいということだ。

もちろん、伝統文化だけが逃げる道じゃない。ほかにもあるとおもう。でも、僕にはいま文化しかおもいつかないのだ。あとは自分でいろいろ探してもらえないだろうか。うまく言えないんだけど、うまくやってくれとしか言いようがない。わるいな。

大敗戦直後にかたまって生まれたベビーブーマーの世代ばかりが悪いように書いたところがあるが、そういう世代論を書きたかったわけではない。彼らがいろんなことの先頭に立ってきたのは確かだが、そのあとの世代も彼らにずっとついて来ている。何かを変えてしまったが、変えたあとはみんなで居座っている。そういう社会の話をしたまでである。

ベビーブーマーの世代を先頭にみんな「自分が若者だったことが大好きだった連中」ばかりなのだ。１９６０年代から１９８０年代までは、そうだった。その、若者好きの連中によって「若者であることが決定的に損な時代」が続いているという話である。

せっかくだから、本書で見てきた80年代と90年代を年表ふうに並べてみる。

１９８３年　恋愛のクリスマスが始まる
１９８７年　男子が恋愛のクリスマスに追いつく
１９８７年　ＴＤＬが聖地化しはじめる
１９８９年　貧乏を完全に捨てた
１９８９年　カルチャーとしてのマンガを捨てた
１９９０年　文章は機械で書くものになる
１９９１年　ラブストーリーを見て女子が勝手に恋愛レートを上げた
１９９１年　そのぶん男子のためにヘアヌードが安くなった
１９９３年　女子高生の性商品化が始まる
１９９７年　携帯電話で社会が覆われる

1997年　大学の「単位」が「来る」ものになり世界はバーチャルになる

大敗戦後の時代、その後半の昇り坂と、頂点に達したつまらない時代の現場の空気を書いてみたってことだな。この時代の一番最後にいる連中は、つまらない目にあっている。しかも上の世代はそんなこと気にもしてない。自分が若くありたいもんだから、本当に若い連中を見ると、それだけでいいなあ、とおもってしまってるのだ。思考停止してしまって、内実のしんどい部分を想像していない。

いまはひとつの大きなタームの最後の時代だ。そのしっぽ部分は、本体の重みによって押し潰されそうになっている。若者は、若者が好きな連中によってゆっくり殺されているとしか見えない。そういう話でした。ちゃんちゃん。ちゃんちゃんじゃないか。

この新書は、週刊文春に連載した「ホリイのずんずん調査」からいくつかを抜き出して再構成して作った。最初、つなげられそうなものをピックアップして、それをもとに学生数人を前に話をして、そのトークをテープに録って原稿に起こしてもらった。それで新書ができないかな、とおもったのだ。ご存知のかたも多いだろうけど、新潮新書『バカの壁』はそうやって作られたのだ。同じ方法で、同じくらい売れる本ができやしないかと真似をしてみたのだ。だめだった。起こした原稿を出版社に持っていったが「むずかしいねえ」と断られた。二つの出版社に断られた。やはり人間、ラクしようったって、そうはいかないのだ。もういちど、構成を考え直し、全文に手を入れるという前提で講談社に話をしたら引き受けてくれた。

どうも「トークを原稿に起こす」手法には向き不向きがあるようだ。同じようなやりかたでいくつか新書が試みられているようだけど、なかなかうまくいくもんじゃない。

自分は自分のやりかたでいくしかない。

だから今回は、いままで書いたことのない文章のスタイルで書いてみることにした。文章スタイルについては、作家デレク・ハートフィールドに感謝の意を捧げたい気分でいっぱいである。でも考えてみれば僕はまだハートフィールドの作品を読んだことがないので、捧げるわけにもいかない。

新書用の文章スタイルということではなく、80年代のことを書くにはこの文章スタイルがいいかなとおもったのだ。別に文章のスタイルがどうかなんてことは、読者にとってどうでもいいことだろうとはおもうけどね。でもまあ、そういうことである。

光に闇の深さがわかるものか、という言葉にならえば、

「変わってきたものに、変わらないものの闇の深さがわかるものか」

ということでもある。
ぢゃ、また。

STAFF
文●堀井憲一郎

進行●咲本英恵
編集●川治豊成（講談社）
デザイン●中島英樹（中島デザイン）

原文テープ起こし●丸岡巧
●田代佳丈

講談社現代新書　1837
若《わか》者《もの》殺《ごろ》しの時《じ》代《だい》
二〇〇六年四月二〇日第一刷発行

著者　堀《ほり》井《い》憲《けん》一《いち》郎《ろう》　

発行者　野間佐和子
発行所　株式会社講談社
東京都文京区音羽二丁目一二―二一　郵便番号一一二―八〇〇一
電話　出版部　〇三―五三九五―三五二一
販売部　〇三―五三九五―五八一七
業務部　〇三―五三九五―三六一五
装幀者　中島英樹
印刷所　大日本印刷株式会社
製本所　株式会社大進堂
定価はカバーに表示してあります　Printed in Japan

N.D.C.384　202p　18cm
ISBN4-06-149837-1

「講談社現代新書」の刊行にあたって

教養は万人が身をもって養い創造すべきものであって、一部の専門家の占有物として、ただ一方的に人々の手もとに配布され伝達されうるものではありません。

しかし、不幸にしてわが国の現状では、教養の重要な養いとなるべき書物は、ほとんど講壇からの天下りや単なる解説に終始し、知識技術を真剣に希求する青少年・学生・一般民衆の根本的な疑問や興味は、けっして十分に答えられ、解きほぐされ、手引きされることがありません。万人の内奥から発した真正の教養への芽ばえが、こうして放置され、むなしく滅びさる運命にゆだねられているのです。

このことは、中・高校だけで教育をおわる人々の成長をはばんでいるだけでなく、大学に進んだり、インテリと目されたりする人々の精神力の健康さえもむしばみ、わが国の文化の実質をまことに脆弱なものにしています。単なる博識以上の根強い思索力・判断力、および確かな技術にささえられた教養を必要とする日本の将来にとって、これは真剣に憂慮されなければならない事態であるといわなければなりません。

わたしたちの「講談社現代新書」は、この事態の克服を意図して計画されたものです。これによってわたしたちは、講壇からの天下りでもなく、単なる解説書でもない、もっぱら万人の魂に生ずる初発的かつ根本的な問題をとらえ、掘り起こし、手引きし、しかも最新の知識への展望を万人に確立させる書物を、新しく世の中に送り出したいと念願しています。

わたしたちは、創業以来民衆を対象とする啓蒙の仕事に専心してきた講談社にとって、これこそもっともふさわしい課題であり、伝統ある出版社としての義務でもあると考えているのです。

一九六四年四月　野間省一